Hildegard Schormann · Ein Vogel ohne Nest

Hildegard Schormann

Ein Vogel ohne Nest

Erzählung

FOUQUÉ PUBLISHERS NEW YORK

Originally published as *Ein Vogel ohne Nest, 2004*
by Cornelia Goethe Literaturverlag

First American Edition
Printed on acid-free paper

Library of Congress Cataloging-in-Publication Data
Schormann, Hildegard
[Ein Vogel ohne Nest / Hildegard Schormann]
1st American ed.

ISBN 978-0-578-09469-4

Ein Vogel ohne Nest

Es war ein freundlicher Vormittag im späten Frühling 1949, und auf dem riesigen Zifferblatt der Kirchturmuhr zeigten die Zeiger ein paar Minuten vor acht Uhr. In dem kleinen Ort im Saarland, in dem ich lebte, musste ich immer damit rechnen, jemandem zu begegnen, den ich kannte. Ich ging eilig auf die andere Straßenseite, dann um die Ecke und verschwand in einer kleinen Seitenstraße. Ich rannte zur Straßenbahnhaltestelle. Der Schaffner gab schon das Klingelzeichen, als ich um die Ecke geflitzt kam. Ich warf meine Tasche in den zweiten Wagen und sprang auf. Der Schaffner zeigte mit seinem Finger, oh oh, und kassierte dann den Fahrpreis für den Fahrschein. Mein Schirm war von meiner Tasche gefallen, und der Schaffner hob ihn auf und gab ihn mir.

„Heute will ich noch mal darüber hinwegsehen. Das nächste Mal steigst du wieder aus, mein Fräulein“, und er schaute mich über seine Nickelbrille an. Ich aber dachte, es gibt kein nächstes Mal.

Ich war ganz außer Atem, nickte nur mit dem Kopf und drückte mich tief auf einen Sitzplatz in der Nähe des Ausstiegs. Von der Straße her sollte mich niemand erkennen, und ich verdeckte mein Gesicht mit der Hand. Mein Herz klopfte wie wild, als ich sah, dass eine meiner Tanten, ich hatte viele Tanten, aus dem vorderen Wagen ausstieg. Wahrscheinlich hatte sie mich nicht gesehen, sonst hätte sie bestimmt noch an die Scheibe geklopft.

Die nächste Haltestelle war am Bahnhof. Fahrgäste stiegen ein und aus, und es war tröstlich, dass niemand Bekanntes dabei gewesen war. Erst jetzt beruhigte ich mich einigermaßen, blieb sitzen und fuhr nach Großrosseln.

Die beiden Straßenbahnwagen waren jetzt fast leer. In dem vorderen Wagen saßen nur noch drei und im hinteren Wagen nur noch zwei Fahrgäste. Die Stoßzeit war also schon vorbei. Der Schaffner saß auf einem der Plätze an der Tür, stand an jeder Haltestelle auf, um nachzusehen, ob jemand eingestiegen wäre, um dann an dem Signalseil zu ziehen. Die Klingel ertönte, und die Fahrt konnte weitergehen. Die Wagentüren standen offen, und der Fahrtwind zog durch den Wagen, was sehr angenehm war. Die Fenster waren sehr sauber, obwohl es noch bis zum frühen Morgen kräftig geregnet hatte.

Die kleine Stadt lag noch verschlafen im ersten Sonnenlicht. Die Frühschicht hatte schon ihre Arbeit im Eisenhüttenwerk begonnen, und die riesigen Schornsteine rauchten und bliesen den Rauch gemächlich senkrecht in den strahlend blauen Morgenhimmel.

Ich hatte Zeit, über meine Misere nachzudenken. Was hatte sich May nur dabei gedacht? Wieso war sie wieder dermaßen ausgerastet? Es war für sie eine besondere Freude, mich zu verprügeln. Sie suchte förmlich nach Gründen, ihre schlechte Laune an mir auszulassen. War es vielleicht, weil ich so tiefbraune Augen hatte und sie nicht ergründen konnte, was dahinter in meinem Kopf vor sich ging? War es, dass ich einigermaßen hübsch aussah und doch viele Mädchen und Frauen mich meiner Figur wegen beneideten, wo doch May etwas rundlich daherkam? Sie hatte blaue Augen und war die zweite Frau meines Vaters.

Ich hatte beschlossen, meine Familie und die Heimat zu verlassen. Ich konnte May einfach nicht mehr ertragen. Wie sollte ich mit einer Frau auskommen, die mich mit dem Feuerhaken verprügelte? Ich wollte unter allen Umständen zu meiner Mutter, obwohl ich nicht wusste, wo ich sie finden konnte.

Ich wollte irgendwo hin, nur weit weg von Zuhause sollte es sein. Irgendwann würde ich so viel Geld verdient haben, dass ich in der Lage wäre, meine Mutter zu suchen. Ich wusste noch nicht wie und wann, schließlich hatte ich seit der Scheidung meiner Eltern nichts mehr von ihr gehört. Alles, was ich wusste, hatte Oma Cäcilie mir erzählt. Etwas Genaueres wusste sie aber auch nicht. Ich würde meine Mutter finden, das war so sicher wie das Amen in der Kirche. Zuerst aber musste ich jetzt an mich denken.

Ich wusste noch nicht, wie meine Zukunft aussehen würde. Wichtig war erst einmal, dass ich so viele Stunden Vorsprung hatte. Zuhause würde man mich erst gegen Abend vermissen. Außerdem war ich mir sicher, dass mich niemand in dieser Richtung suchen würde. Vielleicht in ganz Deutschland, aber bestimmt nicht dort, wohin ich gerade unterwegs gewesen war, wenn überhaupt. Ich konnte mir ein leichtes Grinsen nicht verkneifen.

Zu meiner Mutter wollte ich, fuhr aber in die entgegengesetzte Richtung. Als ich erfahren hatte, dass sie nach dem großen Fliegerangriff auf Frankfurt am Main mit den beiden Kindern die Stadt verlassen hatte, hatte ich keinerlei Ahnung, wo sie sich aufhielt. Vorpommern hatte ich erfahren, aber Vorpommern war groß. Wo da, wo?

*

R.

„Noch einen Schlag, und ich bringe dich um", sagte ich. Plötzlich stand May mit hoch erhobenem Arm, den Feuerhaken immer noch in der Hand, wie erstarrt da. Das hatte sie nicht erwartet. May starrte mich mit weit aufgerissenen Augen wie geistesabwesend an. Ich ging langsam mit vorgehaltenen Armen auf May zu und nahm ihr behutsam den Feuerhaken aus der Hand. Ich hatte allen Mut zusammengenommen. Hätte May jetzt noch einmal ausgeholt, dann hätte sie so ganz nebenbei die Küchenlampe zertrümmert. Gegönnt hätte ich ihr das, aber mein Leben war mir wichtiger als alle Schadenfreude.

Am anderen Morgen forderte May mich auf, sie zu frisieren. Das kam des Öfteren vor. So sparte sie Kosten und Zeit, und ich konnte das besonders gut. Ich lehnte ab, und May drohte:

„Du hast gestern wohl noch nicht genug bekommen?"

„Und du hast mich gestern wohl nicht richtig verstanden?", antwortete ich im gleichen Tonfall.

Ich holte trotzdem die Haarbürste und den Kamm. Ich wusste, dass May zu irgendeiner Behörde wollte. Ich deutete May an, sich zu setzen. Dann begann ich, Mays Kopf zu malträtieren. Ich rupfte und zupfte sie, aber May sagte kein Wort, nicht Au und nicht Weh. Da sah ich die Zuschneideschere auf der Anrichte liegen, die ich am Tag zuvor vergessen hatte wegzuräumen. Nur wegen dieser Schere war überhaupt der Streit entstanden und wegen einer übergelaufenen Kaffeekanne. Hätte sie selbst die Schere vergessen, wäre das nicht schlimm gewesen, aber ich hatte sie vergessen, das war das Schlimme. Ich nahm die Schere, schnitt May damit auf dem Oberkopf, direkt an der Stirn, ein ganzes Büschel Haare dicht über der Kopfhaut ab. May hatte sehr schönes, volles, dunkelbraunes, gelocktes Haar. Dann legte ich ihr den Kamm, die Bürste und den Haarschopf in den Schoß und sagte:

„Heute habe ich dich zum letzten Mal frisiert."

May war so erschrocken, dass sie kein einziges Wort hervorbrachte. Ich drehte mich um und ging schleunigst in mein Zimmer, die Schere immer noch in der Hand.

Dann kam mein Vater von der Nachtschicht nach Hause. Ich fühlte mich überhaupt nicht wohl. Es war das erste Mal gewesen, dass ich mich gewehrt hatte. Er fiel fast in Ohnmacht, als er May so sah. Sie saß in der Küche auf einem Stuhl und weinte vor Wut. Nach ein paar Minuten erschien mein Vater in meinem Zimmer.

„Warum hast du das getan?" fragte er verärgert und machte die Tür leise hinter sich zu. Er zeigte mit der einen Hand in Richtung Küche und mit der anderen Hand fasste er sich in seine Haare. Er kam bedrohlich auf mich zu. Ich erfasste sofort die Situation, hob meinen Rock hoch, zog die Strümpfe herunter und zeigte ihm die handtellergroßen Blutergüsse an den Beinen und die hühnereigroße Beule auf meinem Kopf.

„Das alles nur wegen einer liegen gebliebenen Schere und einer übergelaufenen Kaffeekanne. May hat sie selbst überlaufen lassen."

„Ist das schon des Öfteren passiert? Hat sie dich schon oft auf diese Weise verprügelt?", was ich bejahte. Mein Vater hieß Hannjo und er sagte nur geringschätzig:

„Weiber."

Dann verließ er mein Zimmer. Er ging ohne Frühstück ins Schlafzimmer und zu Bett.

Ich wusste genau, dass May das nicht so einfach hinnehmen würde. Sie würde sich bestimmt eine Bosheit für mich ausdenken. Ich wusste aber auch, dass May mit dieser hübschen Frisur das Haus nicht verlassen würde, es sei denn, sie setzte ihr Federhütchen auf.

Wegen Mays Lügereien musste ich meine Arbeitsstelle aufgeben und war nun bei einem Schirmmacher beschäftigt. Meine Chefin kannte meine Familienverhältnisse gut und half mir, wo sie nur konnte. Sie war eine gestrenge Arbeitgeberin, aber trotzdem eine gutmütige Frau.

Meine karierte Tasche, ein Geschenk meiner Chefin, packte ich mit Wäsche zum Wechseln, einer Bluse, Strümpfen und Waschzeug, legte meinen Schirm darüber, zog noch einen Rock und einen Pullover über mein Kleid. Dann hängte ich meinen beigen Sommermantel über die Schultern. Ich lauschte an meiner Zimmertür, hörte aber nichts, verließ mein Zimmer und die Wohnung und zog die Korridortür leise ins Schloss. Ich hätte meinen Vater über mein Vorhaben einweihen können, aber warum sollte ich? Von May hatte ich bis dahin keinen Muckser mehr gehört.

Ich ging wie jeden Morgen ins Geschäft und erzählte meiner Chefin, was geschehen war, was ich vorhatte und zeigte ihr die Blutergüsse an meinen Beinen und die Wunde auf meinem Kopf. Meine Chefin war sehr bestürzt. Sie riet mir, May anzuzeigen. Zu einem Arzt sollte ich auch gehen und Fotos machen lassen. Das aber wollte ich nicht. Ich wollte einfach nur weg, weit weg und niemanden mehr sehen. Dahin, wo mich niemand finden würde. Meine Chefin zahlte mir einen vollen Monatslohn aus und legte noch etwas darauf für die Heimarbeit.

„Wo willst du denn überhaupt hin?“

„Zu meiner Mutter“, sagte ich nur. Endlich hatte ich auch einmal Geld in der Hand. Es war nicht allzu viel, aber immerhin etwas.

Dann ging ich zu Tante Rosa. Sie war keine richtige Verwandte. Sie hatte einmal ein kleines Fischgeschäft, und ich nannte sie von Kindesbeinen an Tante Rosa. Sie war etwas korpulent, hatte dunkles Haar, lockig um den Kopf gekämmt. Ihr pausbäckiges Gesicht lächelte immer, wenn ich zu ihr ins Geschäft kam. Tante Rosa schenkte mir stets ein paar Sprotten. Für Tante Rosa waren das drei kleine Fischlein, aber für mich war das eine ganze Hand voller Fische, warm und frisch aus dem Rauch.

Nun war ich schon längst erwachsen, und Tante Rosa saß zu Hause im Sessel und kränkelte vor sich hin. Ihr Lächeln war immer noch das Gleiche, nur die rosa Bäckchen waren verschwunden. Das Gesicht bleich und eingefallen die Wangen. Ich setzte mich wie immer, wenn ich Zeit hatte, auf Tante Rosas kleinen Hocker aus Rattangeflecht vor sie hin. Tante Rosa fragte mich aus, bis ich nichts mehr zu erzählen wusste. Ich hatte ihr schon so oft mein Herz ausgeschüttet, aber dieses Mal war es ein Abschied für immer. Ich sagte ihr, dass wir uns nicht mehr wieder sehen würden und dass ich gekommen wäre, mich zu verabschieden.

Langsam versuchte Tante Rosa, aus ihrem, mit großblumigen Plüsch bezogenen Sessel aufzustehen, und ich half ihr dabei. Auf einen Stock gestützt ging sie etwas wackelig zu ihrem Wohnzimmerschrank, der den Platz zwischen Tür und Fenster ausfüllte. Es war ein fester, stabiler Eichenschrank, und Tante Rosa zog eine Schublade heraus. Sie entnahm ihr eine bunte Blechschachtel, öffnete den Deckel und zog zwei Geldscheine aus einem Bündel heraus. Sie faltete die Scheine zusammen und gab sie mir in die Hand, genauso wie sie mir früher die Sprotten in die Hand gelegt hatte.

„Für dich, damit du etwas hast“, sagte sie und drückte mich fest an sich. Mir rannen die Tränen über das Gesicht, und ich war überwältigt von Tante Rosas Liebe zu mir. Für sie war ich immer noch das Hillachen.

„Das kann ich doch nicht annehmen“, meinte ich.

„Doch, doch, du kannst. Ich weiß genau, dass du es noch brauchen wirst“, sagte sie und lächelte mich jetzt müde an. Mir zog es bei diesem Anblick das Herz zusammen. Sie wischte mir mit der Hand die Tränen vom Gesicht.

„So, nun geh aber, sonst läufst du May noch in die Arme.“ Dann schob sie mich zur Tür hinaus, und ich sah jetzt Tränen in ihren Augen. Ich hielt sie ganz fest und küsste sie auf beide Wangen.

„Wenn ich endlich angekommen bin, dann schreibe ich dir. Ich weiß aber noch nicht, wann und wo das sein wird.“

Ich ging leise die Treppe hinunter und ich wusste, dass ich dieses Haus nie wieder betreten, Tante Rosa nie mehr sehen und diese Treppenstufen nie mehr unter meinen Füßen knarren würden.

Ich stand unschlüssig im Treppenflur und überlegte, ob ich Oma Cäcilie noch besuchen sollte. Bei ihr hatte ich mich so oft ausgeweint, und Oma Cäcilie hatte mir immer Trost gegeben. Dann fiel mir schmerzlich ein, dass mein Vater mich am Abend oder am anderen Morgen sicher dort zuerst suchen würde und es unbedingt besser wäre, wenn Oma Cäcilie gar nichts wusste. Dass ich aber einfach so weggehen würde, das würde sie nie verstehen.

Ich trat vor das Haus und fühlte mich reich, froh und frei. Am liebsten wäre ich wie ein Vogel durch die Straßen geflogen.

Reisebeginn

Großrosseln, Endstation. Ich stieg aus, schaute mich verlegen um. Wenn mich nun jemand gefragt hätte, wohin des Weges? Ich hätte es nicht gewusst, aber niemand kümmerte sich um mich. Endlich war ich auf mich allein gestellt, und mein Gefühl im Magen sagte mir, dass ich seit dem vergangenen Mittag nichts mehr gegessen hatte. Ich würde es schon irgendwie durchstehen, das wusste ich. Ich war ja nicht zimperlich und auch nicht verwöhnt.

Ein älterer Mann, etwas vornübergebeugt, mit vollem, stark ergrautem Haar, kam mir entgegen. Ich fragte ihn, wie ich am schnellsten nach Metz gelangen könnte. Er musterte mich vom Kopf bis zu den Schuhen.

„Du hast wohl kein Geld?“ An was er das wohl erkannte? Schließlich war ich ordentlich gekleidet.

„Wenn du nicht mit der Bahn oder dem Bus fahren willst, dann geh dort zur Tankstelle und frage die Fernfahrer. Es wird dich schon jemand mitnehmen.“

Er schnalzte ekelhaft mit der Zunge, und ich sah zu, dass ich weiter kam. Das fehlte mir gerade noch.

Eine Tankstelle fand ich wohl, geschlossen. Von Autos oder Fernfahrern keine Spur. Nun wusste ich, was ich zu tun hatte: auf Schusters Rappen reiten. Es war ja nicht mehr weit, so fünfzehn oder zwanzig Kilometer, dachte ich. Ich ließ mir Zeit. Das Wetter war wunderbar, und die Sonne lachte mir ins Gesicht. Ich machte mich auf den Weg, und mein Magen knurrte erbärmlich. Ich machte mir zum ersten Mal Gedanken, wie und von was ich mich in Zukunft ernähren würde. Es durfte nicht viel kosten, denn so viel Geld hatte ich nun auch wieder nicht. Zuerst ging ich nach Forbach. Dort kannte ich mich ein bisschen aus. Über Äcker, Felder und Wiesen führte mich mein Weg, den ich bald als Umweg erkannte. Ich hatte keine Sorge, aber dafür sehr viel Zeit. Hauptsache, weit weg, und ich machte mir mittags noch keine Gedanken, wo ich die Nacht verbringen würde.

Ich säuberte an einem Bach meine Schuhe und ging gemächlich in den Ort hinein. In einem Bäckerladen kaufte ich mir ein Baguette und war froh, dass ich noch in deutschem Geld bezahlen konnte. Bald fand ich noch ein Gemüsegeschäft, kaufte mir einen Bund Möhren und eine Tüte voll Äpfel. So war mein Proviant für zwei Tage gesichert.

Die einzige Angst, die ich stets hatte, war, dass ich vielleicht in eine Passkontrolle geraten könnte. May hatte mir irgendwann einmal meinen Ausweis aus meiner Tasche entwendet.

Ich trödelte langsam aus dem Ort hinaus. Eine ziemlich lange Strecke war ich schon gewandert und merkte bald, wie groß mein Umweg gewesen war. Auf einem Schild las ich: METZ 20 KILOMETER. Meine Güte, wo hatten mich die Landwege und Wiesenpfade nur hingeführt? War ich denn im Kreis gegangen? Jetzt wusste ich aber, in welche Richtung ich gehen musste, und das gab mir wieder Auftrieb.

Als keine Häuser mehr in Sicht waren, die Sonne stand schon tief am Himmel, und die Bäume warfen schon längere Schatten, setzte ich mich im hohen Gras einer ungemähten Wiese nieder, brach mir ein Stück Baguette ab und aß dazu eine Möhre und einen Apfel. Was konnte es Besseres gegen meinen Hunger geben? In der Ferne läutete eine Glocke. Danach musste es schon achtzehn Uhr gewesen sein. Es wurde kühl, und ein eigenartiges Gefühl überkam mich. Ich war ganz allein in der Natur und unter Gottes Himmel. Und wie das duftete. Ich zog meinen Sommermantel über, raffte mich auf und beobachtete die Umgebung, hielt Ausschau nach einem Bach oder Fluss, aber ich hörte kein einziges Wässerchen plätschern.

Ich dachte zum ersten Mal an Zuhause. Jetzt würde es May und meinem Vater sicher auffallen, dass ich nicht mehr da war. In zwei Stunden werden sie sicher in meinem Kleiderschrank nachschauen und wahrscheinlich nicht einmal merken, dass ein paar Kleidungsstücke und Wäsche fehlten. Vielleicht würde gerade jetzt mein Vater May einmal die Meinung sagen, aber daran glaubte ich nicht. Sicher würde er wieder klein beigeben und sagen:

„Na gut, dann ist sie eben weg, und nun komm ins Bett." Schließlich wollte May mit meinem Vater auf dem Heidstock ein Haus bauen. Es war schon alles in die Wege geleitet, und eine Scheidung wäre schon deshalb nicht in Frage gekommen. Da war es schon besser, dass ich nicht mehr da war. Dass ich mir vielleicht das Leben nehmen würde, na ja, das würden sie dann noch früh genug erfahren.

Ich lächelte zufrieden vor mich hin und dachte, da könnt ihr aber lange warten. Ich konnte das Gefühl, das mich plötzlich überfallen hatte, nicht recht begreifen. Sollten sie sich doch ruhig einmal Sorgen machen, wenn sie das überhaupt taten. Oh nein, sie würden sich keine Sorgen machen, und das ärgerte mich ein bisschen. Das waren die letzten Gedanken, die ich an mein Zuhause verschwendete. Nun wusste ich es, es war das Gefühl der Freiheit.

Langsam trottete ich weiter. Ich war müde, aber es dauerte nur eine kurze Weile, und ich hatte wieder den richtigen Schritt. Da ich die französische Grenze schon hinter mir hatte, lief ich nun auch auf der Landstraße, und mir schmerzten die Füße. Hin und wieder hielt auch ein Auto an, aber ich lehnte dankend ab.

Ich ging bis zum Dunkelwerden, und meine Schritte wurden immer langsamer und kürzer. Ich war einfach müde, nur wo ich die Nacht verbringen sollte, schob ich immer noch vor mir her. Zum ersten Mal an diesem Tag war ich mutlos und weinte vor mich hin. Ich fühlte mich von aller Welt verlassen und ich war wütend auf May. Warum musste mein Vater ausgerechnet diese Frau heiraten? Hätte er nicht eine andere finden können als ausgerechnet eine Nonne? Vielleicht konnte er das nicht leisten, was sie von einem richtigen Mann erwartet hatte. Vielleicht war sie deshalb immer so grantig.

Die Angst war mit mir

Es war schon gegen neun Uhr abends, da stand ich plötzlich vor einer kleinen Brücke. Sie war so breit, dass ein Trecker hätte darüber fahren können. Wäre ich nicht darüber gegangen, hätte ich sie in der Dunkelheit übersehen. Darunter aber gluk-kerte ein richtiges kleines Bächlein. Eigentlich war ich nur von der Straße abgegangen, um mir einen Busch zu suchen, wo ich hätte ausruhen, vielleicht sogar übernachten können, ohne gesehen zu werden. Langsam rutschte ich die Böschung hinunter. Meine Tasche warf ich unter die Brücke, und mein Schirm klapperte über die Steine. Ich zog zuerst meinen Mantel, dann die Schuhe und Strümpfe aus und stieg vorsichtig in das eiskalte Wasser, das gerade bis zu meinen Waden reichte. So weit ich es in der Dunkelheit erkennen konnte, führte der Bach klares und sauberes Wasser. Es dauerte nicht lange, und es ging mir wieder gut. Ich wusch mein Gesicht und kühlte meine verweinten Augen.

Meine Füße trocknete ich mit meinem Taschentuch ab, zog Strümpfe und Schuhe wieder an und wusch dann das Taschentuch aus. Ich musste mit meinen Sachen sorgsam umgehen, ich hatte nur drei Taschentücher und trocknete dieses auf einem der Steine. Die Möhren und Äpfel wickelte ich aus und legte das Papier dicht an den Brückenpfosten, drehte meinen Mantel auf links und zog ihn wieder an. Ich aß noch ein Stück Brot, eine Möhre und zwei Äpfel. Die Möhre zum Brot und die Äpfel gegen den Durst.

Ich setzte mich mit dem Rücken gegen den Pfeiler, zog meinen Mantel fest zu und steckte meine Tasche hinter meinen Kopf. Es war nicht sehr gemütlich, aber die Müdigkeit übermannte mich. Um diese Zeit brauchte ich auch keine Bedenken zu haben, dass mich hier jemand suchen oder finden würde. Ich fiel ins Land der Träume. Geträumt habe ich allerdings nichts. Ich konnte beruhigt schlafen, denn wer vermutete in der Nacht ein junges Mädchen unter einer Brücke. In der Dunkelheit hatte mich bestimmt niemand beobachtet.

Am nächsten Morgen konnte ich mich kaum bewegen. Die Nacht war doch sehr kühl gewesen, und der Rücken schmerzte von der ungewöhnlichen Schlafhaltung. Das war ja auch fürwahr keine gemütliche Sache, und ich fror erbärmlich. Es war höchste Zeit, dass ich in Gang kam. Irgendwo schlug eine Kirchturmuhr viermal. Als aber keine Schläge mehr folgten, dachte ich, es wäre vier Uhr morgens. Ich hatte die ersten Schläge wohl überhört, denn die Sonne schimmerte schon durch die im Hintergrund stehenden Bäume, und die Vögel hielten auch schon ihre Konferenzen. Es musste also schon bedeutend später sein. Was machte das schon, ich hatte ja viel Zeit.

Nun zog ich erst einmal den Rock und den Pullover aus und sah dabei, wie zerknittert mein Kleid war. Vielleicht hätte ich doch lieber einen Koffer packen und ein paar Sachen mehr mitnehmen sollen, aber der stand im Schlafzimmer auf dem Schrank. Da hätte ich bestimmt meinen Vater geweckt. Außerdem musste ich so unauffällig wie möglich aus dem Haus gehen, wie jeden Tag, wie jeden Morgen. Niemand durfte Verdacht schöpfen.

Ich verstaute den Rock und den Pullover in meiner Tasche, die sich nun nicht mehr schließen ließ. Nachdem ich mir den Schlaf aus den Augen gewaschen hatte, fühlte ich mich wieder wohl. Ich wusste, dass es in allernächster Zeit nichts anderes mehr für mich geben würde und verzehrte mein obligatorisches Frühstück Baguette, Möhre und Apfel. Dann zählte ich mein Geld. Das reichte bei weitem nicht für eine Fahrkarte nach Paris, also wandern. Ich war ganz gut zu Fuß, hatte den Sommer vor mir, was sollte mir also groß passieren.

Ich drehte meinen Sommermantel wieder rechts und lauschte gespannt in die Stille. Langsam kroch ich die Böschung hinauf, trödelte ein bisschen und sah mir in aller Ruhe die Umgegend an. Ein kleines Dorf und ein paar vereinzelte Häuser lagen in einer Talsenke. Kühe grasten auf einer Wiese, und ein Mädchen, etwa sechzehn Jahre alt, kam mir auf einem Fahrrad, an dem zwei Milchkannen hingen, entgegen. Sie sah mich neugierig an, und ich beschleunigte meine Schritte, sobald sie an mir vorbeigefahren war. Die leeren Milchkannen schlugen hohl an das Fahrrad, und das Mädchen hatte Mühe, die Balance zu halten.

Bis auf die Angst, dass doch jemand nach mir suchen würde, fühlte ich mich ganz gut und erfreute mich an meiner Freiheit. Es war ein so schöner Morgen geworden, und ich sah gar nicht ein, warum ich mich beeilen sollte. Ich wollte meine Freiheit genießen, so lange es mir möglich sein würde. Trotzdem, die Angst war immer mit mir, sie ging stündlich neben mir. Ich konnte sie verdrängen, wie ich wollte, sie kam immer und immer wieder.

Am frühen Abend, ich hatte viele Pausen eingelegt, und es machte mir sichtlich Spaß, auf einer Wiese zu sitzen und zu trödeln, der Wind wehte frühlingshaft lau, gelangte ich endlich nach Metz. Ich hätte schon viel früher dort sein können, aber da hätte ich in der Natur nicht das sehen können, was ich sah. Ich sah einen kleinen Hasen, der mich mit hoch gestellten Ohren angstfrei anschaute und mich mit fragenden Blicken beobachtete. Vielleicht wollte er sagen:

„Was willst du denn hier? Das ist mein Revier. Nun ja, wenn du gleich wieder gehst und mir nicht das Futter vor der Nase abmähst, dann, ja, ja, na dann."

Als ich ein verirrtes Huhn entdeckte, ging ich auf die Suche in der Hoffnung, ein wildes Nest, vielleicht sogar ein oder zwei Eier zu finden. Vielleicht hatte das Huhn auch nur die Nase voll von seinem Zuhause, so wie ich, und dass man ihm täglich das gerade gelegte Ei wegnahm.

Ich kam in Metz an, humpelnd und nicht wissend, was jetzt tun. Eine Blase an der Ferse, die mir jeden Schritt schwer machte. Noch am Stadtrand teilte ich eines meiner Taschentücher mit meiner Schere, die ich mitgenommen hatte, und schob die Hälfte meines Taschentuches zwischen Strumpf und Ferse. Das Tuch verrutschte immer wieder, und das Laufen wurde mir langsam zur Qual. Auch die Angst kroch mir wieder den Rükken hinauf, immer dann, wenn mir ein Polizist, sei es zu Fuß oder auf dem Fahrrad, entgegenkam. Dann fing ich innerlich an, zu zittern, und ich glaubte, jedermann könnte es sehen. Ich fühlte mich in solchen Momenten absolut unsicher.

Was jetzt? Ich war schon fast bis zur Stadtmitte gewandert, und es war noch viel zu früh und zu hell, um mich unter einer Brücke zu verkriechen. An etlichen Hotels und Pensionen war ich schon vorbeigekommen, aber wo sollte ich ein Zimmer mieten? Erstens musste ich jede Mark sparen und zweitens hatte ich keinen Ausweis. Bis dahin hatte ich auch außer einer Eisenbahnbrücke noch keine andere Brücke entdeckt. Es sollte aber unbedingt eine Brücke sein. Notfalls musste ich weiter wandern, mir ein Brücklein suchen, klein und für mich ganz allein. Dort fühlte ich mich immer gut aufgehoben, behütet, und kostenfrei war es auch.

Auf einer Grünfläche mit ein paar Blumenrabatten standen Bänke, die zum Ausruhen einluden. Dort setzte ich mich und blieb so lange, bis mir fast vor Müdigkeit die Augen zufielen. Gerne hätte ich jetzt meine Schuhe ausgezogen. Wie sollte das aber gehen? Ein Mädchen mit Tasche, Schirm und Sommermantel, und dann barfuß oder auf Strümpfen? Pippi Langstrumpf hätte das fertig gebracht. Aber ich? War ich Pippi Langstrumpf? Ich hatte ja noch nicht einmal ihre Sommersprossen. Lieber gar nicht an die Blase denken. Aber wie sollte das gehen, wenn es doch so weh tat? Niemand nahm Notiz von mir, trotzdem genierte ich mich, hier etwas zu essen, und ich hatte solchen Hunger. Zwei Bänke neben mir saß ein älterer Herr mit seinem Hund. Wenn sich der Herr auch nicht gekümmert hätte, aber der Hund wäre bestimmt gekommen, um zu betteln. Er beobachtete mich genau. Was hätte ich ihm aber geben können außer trockenem Brot? Er war sicher etwas anderes gewöhnt. Mein Magen aber rumorte laut und fordernd.

Ich erhob mich und humpelte langsam, den Schmerz ignorierend, durch die Straßen. Irgendwann musste es ja einmal dunkel werden. Die Geschäfte hatten schon geschlossen, und ich schaute mir die Auslagen in den Schaufenstern an. Ja, irgendwann würde ich auch in der Lage sein, mir schöne Kleidung, Schuhe und andere hübsche Sachen zu kaufen, und dann würde ich meine Mutter suchen, so dachte ich. Plötzlich stand ich vor einem Kino. Ja, das war es. Zwei Stunden sitzen, nachdenken, vielleicht sogar schlafen. In den vorderen Reihen würde es bestimmt niemand merken, und preiswert waren diese Plätze auch.

Eine Tüte Erdnüsse, die es an jeder Straßenecke günstig zu kaufen gab, gönnte ich mir und mit meinem deutschen Geld konnte ich sogar eine Karte in den vordersten Reihen erwerben. Es war ein Tageskino, in das man jederzeit hineingehen und auch wieder verlassen konnte. Innerlich zufrieden ging ich hinein, und ein Fräulein riss eine Ecke meiner Eintrittskarte ab. Sie zeigte mir mit der Taschenlampe meinen Platz, und ich setzte mich. Ich stellte meine Tasche zwischen meine Füße und fing an, die Erdnüsse auszuschälen.

An Ausruhen oder gar Schlafen war überhaupt nicht zu denken. Es war ein Kommen und Gehen, und außerdem war die Filmmusik viel zu laut, und die Besucher unterhielten sich wie auf einem Jahrmarkt. Neben mir unterhielt sich ein Pärchen so angeregt, als ging es ausdrücklich ins Kino, um sich zu unterhalten. Der Mann, er war etwa dreißig Jahre alt, verließ dann plötzlich das Kino in aller Eile. Später erfuhr ich, dass er zur Nachtschicht musste und noch einen langen Weg mit dem Fahrrad vor sich hatte. Die junge Frau aber streckte fordernd die Hand in meine Richtung, und ich verstand, dass sie ein paar Nüsse haben wollte. Sie sprach mich auf Französisch an, und ich antwortete auf Deutsch.

„Wenn Sie mir verraten, wo ich eine preiswerte Bleibe für die Nacht bekommen kann“, und ich reichte ihr die Tüte mit den Nüssen.

Die junge Frau hieß Reni, und als sie hörte, dass ich Deutsche war, kamen wir gleich ins Gespräch. Wir verließen das Kino und unterhielten uns draußen. Ich erzählte Reni, woher ich kam, warum ich unterwegs war und wohin ich wollte. Mir war ja schon lange klar, dass ich den Gedanken, nach Paris zu gehen, nicht mehr aufgeben würde. Paris war jetzt meine Traumstadt, und nichts und niemand konnte mich mehr davon abhalten.

Reni nahm mich kurzerhand mit zu sich nach Hause, gab mir etwas zu essen und zu trinken und bot mir ihr leicht durchgesessenes Sofa für die Nacht an. Das Sofa war mit einer bunten Samtdecke abgedeckt. Ich nahm das Angebot dankend an. Ich hatte Vertrauen zu Reni. Ich war froh, endlich Schuhe und Strümpfe ausziehen zu können, und nach einem lauwarmen Fußbad und einem ordentlichen Pflaster an der Ferse ging es mir wieder gut.

Reni, sie hieß eigentlich Renate, war auch deutscher Herkunft. Vor ein paar Jahren erging es ihr ähnlich wie mir. Damals hatte sie auch die Hilfe einer jungen Frau erfreut angenommen. Zum Dank dafür hatte sie ihr den Mann ausgespannt. Mit diesem Mann lebte sie nun schon viele Jahre zusammen.

„Da brauchst du bei mir keine Bedenken zu haben", sagte ich. „Ich will so weit wie möglich weg. Hast du denn wieder Kontakt zu deinen Eltern?", wollte ich wissen.

„Ja, zu meiner Mutter, nicht zu meinem Vater. Er hat mir zu oft sehr wehgetan, das kann ich niemals verzeihen." Ich zeigte Reni meine Blutergüsse, die jetzt schon gelb, grün und lila schimmerten.

„Nein, das Problem hatte ich Gott sei Dank nicht", sagte ich und erzählte Reni, was sich am Tag vor meinem Weggang zugetragen hatte. Reni lachte aus vollem Herzen und wollte gar nicht wieder aufhören. Sie prustete ständig in ihr Taschentuch, und mir war eher zum Heulen zumute.

Wir erzählten noch eine Weile, dann legten wir uns schlafen. Es war nicht sehr bequem, dieses Sofa mit der Kuhle in der Mitte. Ich konnte meine Beine nicht ausstrecken, aber gegen einen Platz unter einer Brücke war das altmodische Sofa ein Himmelbett gewesen. Ich schlief bald ein.

Am anderen Morgen lernte ich Renis Freund kennen, blieb dann noch einen Tag und eine Nacht. Renis Freund war ein sehr netter und freundlicher Mann, hieß Andrè und hatte dichtes gewelltes Haar, das so schwarz war wie seine Augen. Er war etwa einsachtzig groß. Gott, war das ein Mann. Reni war eine bildhübsche Frau, mittelblond mit tiefblauen Augen, und sie hatte eine Figur, wie nur der liebe Gott sie schaffen konnte. Dazu war sie so herrlich unkompliziert. Kein Wunder, dass Andrè sich für sie entschieden hatte.

„Ich müsste unbedingt zur Bank, mein Geld eintauschen“ sagte ich, aber Reni meinte:

„Das tausche ich dir um. Wir fahren im September zu meiner Mutter nach St. Wendel, da kann ich dein Geld gut gebrauchen.“

Reni wollte für Essen und Unterkunft kein Geld haben, und ich schenkte ihr meine kleine Sparkassette, die allerdings noch nie richtiges Geld beherbergt hatte. Meinen Lohn musste ich bis auf den letzten Pfennig zu Hause abliefern. Taschengeld bekam ich auch keins. Ab und zu ging ich für unsere Hauswirtin einkaufen und bekam dann von ihr ein paar Groschen, die ich wie ein Heiligtum hütete.

Die kleine Sparkassette bekam ich zu meinem fünften Geburtstag von meiner Mutter geschenkt. Morgens stand diese Kassette auf meinem Frühstücksteller, gefüllt mit Schokoladentalern. Sie war aus schwarzem Holz, etwa zehn Zentimeter lang, fünf Zentimeter breit und genauso hoch. Sie hatte einen gewölbten Deckel und war mit Silberbeschlägen verziert. Verschlossen war sie mit einem winzigen Vorhängeschlösschen, das aber leider nicht mehr funktionierte. Es war ein richtiges Schatzkästchen und das einzige Andenken, was ich an meine Mutter hatte. Es tat mir Leid, das Kästchen zu verschenken, und ich glaubte, dass Reni es gemerkt hatte. Was hätte ich ihr aber zum Dank geben können? Schließlich war in meiner Lage Hilfe nicht selbstverständlich, aber für Reni war es das.

Am nächsten Morgen machte ich mich nach dem Frühstück auf den Weg. Reni wollte mir das Geld für eine Fahrkarte borgen, aber das lehnte ich ab.

„Wie du ja weißt, habe ich ein bisschen Geld, aber das reicht nicht bis Paris. Außerdem weiß ich nicht, ob und wann ich dir das Geld zurückgeben kann. Nein, nein, lass nur. Ich komme schon irgendwie durch. Ich habe ja viel Zeit, und jetzt wird es ja auch draußen immer wärmer. Ich will zu Fuß gehen und je länger ich unterwegs bin, desto länger müssen sie nach mir suchen, wenn sie das überhaupt tun. Irgendwann werden sie aufgeben und sagen, ach, lass sie gehen, wohin sie will, und ich habe dann meine Ruhe und brauche keine Angst mehr zu haben. Ich werde jedenfalls keinen Kontakt mehr mit ihnen aufnehmen, niemals mehr."

Reni ging mit mir zur Post. Sie kaufte mir einen Block Schreibpapier, Umschläge, aber vor allem Briefmarken. Ich versprach Reni, von überall, wo ich Station machen würde, zu schreiben, wie es mir bis dahin ergangen wäre. Reni sagte:

„Irgendwie bist du doch zu beneiden, ich möchte aber trotzdem nicht an deiner Stelle sein. Ich wünsche dir viel Glück."

Ich bedankte mich noch einmal bei Reni, umarmte sie und verabschiedete mich. Meine Blase an der Ferse war fast abgeheilt, und ich konnte nun ausgeruht meiner Wege ziehen.

Ab Mittag wanderte ich an einem Fluss entlang, der nicht breiter als die Saar war. Ich ging wieder nur auf verkehrsarmen Straßen und Landwegen. Nur selten kam mal ein Auto oder Fuhrwerk vorbei, und ich wanderte, bis der Tag zur Neige ging.

Eine Brücke außerhalb eines Ortes kam mir sehr gelegen. Ich rutschte die Böschung hinunter und entdeckte einen einigermaßen sauberen Platz an einem Pfeiler. Der Brückenpfeiler bot mir ein richtiges kleines Versteck. Ich stellte meine Tasche ab und legte meinen Mantel darüber. Renis altes Sofa müsste jetzt hier stehen, dachte ich, aber es lagen nur Steine herum, die ich, so lange ich noch etwas sehen konnte, zusammensuchte und zu einer Mauer aufstapelte. So war ich doch ein wenig vor dem aufgekommenen Wind geschützt. Dann zog ich Schuhe und Strümpfe aus, sah mich vorsichtig um und stolzierte an einer flachen Stelle im Wasser hin und her, um meine Füße zu kühlen. Über die Brücke fuhr jemand mit einem klappernden Fahrrad. Ich horchte angestrengt und lief in die Ecke hinter dem Pfeiler. Das klappernde Geräusch wurde immer leiser und verlor sich in der Dunkelheit, die sich schnell über das Land gelegt hatte.

Reni hatte mir ein Paar Seidenstrümpfe und ein kleines Handtuch geschenkt. Die Seidenstrümpfe, obwohl sie schon an den Spitzen fein gestopft waren, hob ich mir auf für Paris. Ich zog die, die ich selbst aus feinem Eisgarn gestrickt hatte, wieder an und war froh, dass ich diese Strümpfe hatte.

Ich riss vom umherstehenden Buschwerk ein paar Zweige ab und steckte sie zwischen die aufgetürmten Steine. Sie hielten auch ein wenig den Wind ab, und außerdem war ich auch so nicht zu sehen. In dieser Nachthöhle teilte ich mir dann das Brot ein, etwas für den Abend und etwas für den kommenden Morgen. Reni hatte mir ein kleines Proviantpaket gemacht. Der Gedanke aber, etwas Essbares in einem Baumwollbeutel zu haben, ließ mich doch im Lauf des Tages des Öfteren zugreifen.

Die Stunden hatten sich hingezogen, und ich hatte etliche Kilometer geschafft, bis ich diese Brücke fand, unter der ich übernachten konnte. Ich setzte mich hinter den Pfeiler mit dem Gedanken, dass mich hier niemand sehen konnte, und dachte wie jeden Abend über meine Misere nach. Ich konnte einfach nicht verstehen, wieso gerade mir so etwas widerfahren musste. Hatte ich denn noch nicht genug mitgemacht?

Kinderseelen weinen länger

R.

Bis zu meinem siebten Lebensjahr ging es mir sehr gut. Als aber meine Mutter meinen Vater nicht mehr ertragen konnte, packte sie ihre Sachen, holte mich aus der Schule, mitten aus dem Unterricht, und verließ mit mir die Stadt. Wir fuhren mit der Straßenbahn nach Saarbrücken. Dort hatte meine Mutter einen guten Bekannten, der nun gar nicht erfreut war, Mutter, vor allem aber mit Tochter, zu sehen. Dieser Mann, vor dem ich ein bisschen Angst hatte, verließ am Abend die Wohnung, die ja nur aus einem kleinen Zimmer bestand. Ich saß die ganze Nacht auf einem wackeligen Sessel, meine Mutter neben mir auf einem Stuhl. Wir hatten unsere Köpfe auf den Tisch auf unsere Arme gelegt und schliefen so recht und schlecht.

Schon am nächsten Morgen brachte mich meine Mutter in ein nahe gelegenes Kinderheim zu katholischen Schwestern. Eine der Schwestern brachte mich sofort zu den anderen Kindern, von denen ich erst einmal gründlich gemustert wurde. Von diesem Tag an bekam ich meine Mutter nicht mehr zu sehen.

Ich habe den ganzen Tag nichts gegessen, nur geweint. Am Abend bekam ich ein Bett zugewiesen, aber ich wollte mich nicht ausziehen und nicht schlafen. Warum hatte meine Mutter sich nicht von mir verabschiedet? Warum kam sie nicht, um mich wieder abzuholen? Hatte sie mich denn plötzlich nicht mehr lieb? Fragen über Fragen quälten mich den ganzen Abend. Sie hatte es doch fest versprochen. Warum kam sie nicht zurück, um mich wieder abzuholen?

Den ganzen Abend saß ich auf dem Fußboden vor dem Bett und weinte, zog mich nicht aus, war immer noch der Meinung, dass meine Mutter bestimmt kommen würde, um mich abzuholen. Sie kam aber nicht.

Dann kam eine Schwester, um nachzusehen, ob alle Kinder friedlich schliefen. Sie sah mich auf dem Fußboden sitzen, kam auf mich zu, zog mich hoch, nahm mich in den Arm und redete mir gut zu. Endlich zog ich mich aus, und die Schwester half mir dabei. Ich weinte immer noch, und mein Schmerz war so groß, dass ich am liebsten tot gewesen wäre. Die Schwester blieb bei mir, bis ich eingeschlafen war.

Meine Mutter aber kam nicht mehr, nicht am nächsten und auch nicht am übernächsten Tag. Ich wollte auch nicht in die Schule gehen. Die Schwestern drängten mich nicht. Sie kannten sich mit kleinen kranken Kinderseelen aus. Nach einer Woche ließ ich mich dann doch überreden und ging mit der Schwester zur Schule.

Jeden Nachmittag nach der Schule stand ich auf dem Hof am großen Tor und schaute auf die Straße, mal nach rechts, mal nach links. Aus irgendeiner Richtung musste meine Mutter doch kommen, aber sie kam nicht. Sie kam nie mehr.

Ich wurde schwer krank, aber niemand konnte herausfinden, was mir fehlte. Meine Seele war betrübt, und mein Herz schmerzte vor Traurigkeit und Verlassenheit. Es dauerte etliche Wochen, bis ich wieder auf den Beinen war, und die Schwestern gaben sich redlich Mühe, mir zu helfen. Ich bekam langsam wieder rote Bäckchen und ich konnte auch wieder ein bisschen lachen.

Nach einiger Zeit hatte ich mich eingewöhnt und ging wieder zur Schule. Trotzdem ging ich hin und wieder zum großen Tor, um nach meiner Mutter Ausschau zu halten, vergeblich. Ich konnte und wollte nicht glauben, dass sie mich einfach vergessen haben sollte, mich nicht mehr liebte oder mich einfach nicht mehr wollte. Wie war das nur möglich? Ich konnte das einfach nicht verstehen.

Eines Tages nahm mich eine Schwester an die Hand, führte mich zu einer Grotte, die sich direkt neben dem Hofeingang befand und betete zur Marienstatue. Ich ging aber trotzdem noch manches Mal zum großen Tor, konnte dort die Straße fast von einer Ecke bis zur anderen überblicken.

Eines Tages wurde das Heim evakuiert. Jedes der Kinder, wir waren dreißig an der Zahl, bekam einen kleinen Rucksack oder

Köfferchen, die sowieso jede Nacht neben unseren Betten standen, wegen des nächtlichen Fliegeralarms.

Zwei Busse kamen vorgefahren. In den ersten Bus durften wir einsteigen und Platz nehmen. In dem zweiten Bus wurden Koffer, Kisten und Kästen verstaut. Noch einen Segen von unserem Pfarrer, und die Reise konnte beginnen. Die Reise ging nach Thüringen, und wir waren mit den Schwestern viele Stunden unterwegs. Es war eine lange Strecke von Saarbrücken bis Pfaffenrode, wo wir am späten Nachmittag ankamen. Wir hatten alle ein kleines Pappschild an einer Schnur um den Hals hängen, worauf unsere Namen, Adresse, Alter und die nächsten Angehörigen verzeichnet waren. Die Stadt Mühlhausen hatte für uns eine große Villa zur Verfügung gestellt, und wir fühlten uns dort in der guten Waldluft und ohne Fliegeralarm sichtlich wohl. Die Schwestern unterrichteten uns am Vormittag, und nach dem Mittagessen schliefen wir zwei Stunden. Dann durften wir spielen, und wenn das Wetter gut war, gingen wir wandern.

Mitten im Wald fanden wir einen Brunnen. Ganz in der Nähe stand ein winziges Häuschen aus rotem Backstein. Auch das Dach war aus Backstein. Das Häuschen hatte keine Fenster und keine Türen. Es war etwa ein Meter mal ein Meter und vier Backsteine hoch. Auf unsere Fragen, was das denn mit dem Häuschen auf sich hätte, erzählte uns eine der Schwestern von kleinen Wichtelmännlein, die darin wohnen würden. Niemand hätte sie bislang gesehen. Wir wollten natürlich wissen, wie denn diese Männlein in dieses Häuschen hineinkämen, wo doch keine einzige Tür vorhanden war. Wir bestaunten und begutachteten das Häuschen von allen Seiten, und die Verwunderung stand uns ins Gesicht geschrieben. Durch den Brunnen kämen sie in eine Grotte und durch einen langen dunklen Gang unter der Erde kämen sie dann in ihr Häuschen. Eines der Kinder wollte es genau wissen und stieg auf den Brunnenrand, um hineinzuspringen. In letzter Sekunde zog eine der Schwestern das Mädchen vom Brunnenrand herunter. Später machten wir bei unseren Spaziergängen einen großen

Bogen um den Brunnen und an dem Backsteinhäuschen kamen wir auch nie wieder vorbei. Die Schwester erzählte uns jeden Tag ein anderes Märchen. Viele kannten wir noch nicht. Sie konnte wunderbar erzählen, aber fast hätte es durch die erfundene Geschichte mit dem Häuschen und den Wichtelmännlein ein Unglück gegeben.

In der Kirche von Mühlhausen erlebte ich meine Erstkommunion. Ich war traurig, es hatte sich niemand um mich gekümmert. Doch dann, einen Tag vor meinem großen Tag, wurde ich ins Besucherzimmer gerufen. Ich strich mit meinen Händen meine Haare und meine Schürze glatt und dann stand ich plötzlich meiner Mutter gegenüber. Ich wusste nicht ob ich lachen, mich freuen oder weinen sollte. Irgendwie war mir der Besuch meiner Mutter gar nicht recht, und ich stand da wie versteinert.

Dann packte ich zusammen mit meiner Mutter eine große weiße Schachtel aus, und zum Vorschein kam ein schönes weißes Kleid zu meinem Festtag. Ein hübsches Haarkränzchen aus weißen Seidenröschen und eine große weiße, geschmückte Kerze holte meine Mutter vorsichtig aus dem Karton. Die schwarzen Lackschuhe nicht zu vergessen. Dann übergab mir meine Mutter noch ein Schächtelchen und sagte:

„Da, schau rein. Das ist von deiner Patentante Martha."

In dem Schächtelchen lagen auf einer hellen Wattelage ein Halskettchen mit einem goldenen Kreuzchen, ein Armband und ein paar Ohrstecker mit zu Röschen geschnitzten rosa Korallen. Das war wirklich alles sehr schön, aber ich wusste nicht, ob ich mich darüber freuen sollte. Meine Mutter schaute mich seltsam an, und ich dachte, wo war sie denn nur so lange, und warum nimmt sie mich nicht mit nach Hause. Warum sagt sie nichts davon?

An meinem großen Tag durfte ich meinen Schmuck tragen, aber von dann an war und blieb er verschwunden.

Mein Vater war auch gekommen, und ich hatte ihn nur kurz gesehen. Er war mehr mit meiner Mutter und der Nonne beschäftigt als mit mir. Für mich hatten sie alle beide keine Zeit, und ich habe nicht viel mit ihnen gesprochen. Sie waren mir einfach fremd geworden. Plötzlich, nach der kirchlichen Feier, war mein Vater auch schon wieder abgefahren. Kein Abschied, kein Auf Wiedersehen, nichts.

Der Abschied von meiner Mutter nahte, und sie weinte bitterlich. Ich vergoss in Gegenwart meiner Mutter keine Träne. Ich gab ihr nur artig die Hand, sagte Danke schön, ich war damals zehn Jahre alt, und ging mit der Schwester, die schon den ganzen Tag um uns herum gewesen war, zur Tür hinaus. Kaum hatte ich das Besucherzimmer verlassen, weinte ich aus tiefster Seele. Die Schwester legte ihre Arme um mich, wiegte mich hin und her, bis ich mich wieder beruhigt hatte.

„Armes Seelchen“, sagte sie zu mir, „du musst dir das nicht so zu Herzen nehmen.“ Sie hatte gut lachen, sie hatte sich gerade in meinen Vater verliebt, diese wunderbare Nonne, die so viel Verständnis für mich hatte.

Auf Schusters Rappen

Ich saß hinter dem Brückenpfeiler, und mein Herz pochte schwer. Eigentlich verstand ich die Welt nicht mehr, auch nicht, wie sich ein Mensch so verändern konnte. Die gleiche Nonne, die mich damals getröstet hatte, prügelte mich heute fast zu Tode. Diese Gelegenheit würde sie nun nicht mehr bekommen, das schwor ich mir jeden Tag aufs Neue. Sie war May, die Nonne.

Jetzt hatte ich genügend Zeit, über alles nachzudenken. Die Dunkelheit war schon lange hereingebrochen, und ich fiel in eine erbarmungslose Müdigkeit. Ich weinte und schlief ein.

Langsam gefiel es mir unter den Brücken. Es war ein Zustand, den ich eigentlich nicht verstand. Es störte mich niemand, es war still, manchmal beängstigend still, es kostete nichts, und wer hätte mich schon unter einer Brücke vermutet?

Als ich mich am Bach gewaschen hatte, fing es an, zu stürmen und zu regnen. Ich öffnete meine Hände, als könnte ich viele tausend Tropfen auffangen. Ich streckte meine Zunge heraus, um zu fühlen, wie Regen schmeckt. Dann kauerte ich mich in die hinterste Ecke. Der starke Wind hätte mich fast in den Bach gestoßen. Ich aß das letzte Stück Brot und trank den restlichen Kaffee, den Reni mir mitgegeben hatte. Er war zwar kalt, aber besser als Wasser war er allemal. Es regnete fast den ganzen Tag, und ich war ärgerlich, ich hatte nichts mehr zu essen und ich fror ganz gemein. Wie sollte ich hier die nächste Nacht verbringen? Ich konnte doch kein Feuer machen, außerdem hatte ich sowieso keine Streichhölzer.

Die halbe Nacht lief ich unter der Brücke umher, um warm zu bleiben. Dann schlief ich aber doch noch ein paar Stunden. Am nächsten Morgen schien die Sonne, als wäre nichts gewesen. Ich packte meine Sachen zusammen, kletterte vorsichtig die Böschung hinauf und schaute mich sorgsam um. Ich habe mir manchmal ausgemalt, was ich wohl für ein Gesicht machen würde, wenn plötzlich jemand auf der Brücke stehen und mich beobachten würde. Vielleicht gerade, wie ich mein Geschäft verrichte. Ich durfte gar nicht daran denken.

Ich ging schon eine ganze Weile auf der Landstraße, als ein Auto neben mir hielt. Das Auto war sichtlich älter als sein Fahrer und klapperte gebrechlich. Der Mann kurbelte das Fenster herunter und fragte:

„Wohin des Weges? Wollen Sie ein Stückchen mitfahren?"
So viel Französisch verstand ich gerade noch. Ich war noch nie mit jemandem mitgefahren, aber als ich in den Wagen schaute, erkannte ich den Mann an seiner Kleidung. Da brauche ich keine Angst zu haben, dachte ich und stieg mutig ein. Mein Französisch war nicht besonders gut, aber ich konnte mich verständlich machen. Dieser Mann sah gutmütig aus und hatte besonders freundliche Augen. Hatte mein Vater eine Nonne verführt, warum sollte ich dann keinen Priester verführen? Bei diesem Gedanken grinste ich bis über beide Ohren. Nach einer Viertelstunde, an einer Wegbiegung, gab ich dem guten Mann zu verstehen, dass ich geradeaus wollte, er aber bog nach rechts ab. Dann ließ er mich aussteigen. Als ich mich bedankte, sagte er mit einem eigentümlichen Unterton, der mir ganz und gar nicht gefiel:

„Na dann, gute Reise."

Wahrscheinlich dachte er, dass ich mit all und jedem mitfahre. Ich wusste nicht so recht, wie es gemeint war, und schlug mich so schnell wie möglich in die Büsche. Ich traute niemandem, auch gegen diesen netten Priester hegte ich jetzt Misstrauen. Er war ein richtiger Priester. Seine Kleidung roch nach Weihrauch. Entweder kam er von einer Beerdigung oder von einer Frühmesse. Jedenfalls trug er noch seinen Talar. Am selben Tag noch schrieb ich einen langen Brief an Reni. So konnte sie meine Route mitverfolgen und im Geiste meine Reise miterleben.

Heutzutage klingt das sicher unglaubwürdig, aber unter einer Brücke zu schlafen, war weit ungefährlicher als in einem Auto mitzufahren. Männer taten und tun auch noch heute selten etwas umsonst. Nicht alle Männer sind so brav wie die Priester, aber Priester sind auch Männer.

Ich konnte mir einfach keine Fahrt mit dem Zug oder Bus leisten oder in einem Hotel schlafen. Das war alles unbedingt zu teuer. Essen musste ich schließlich, und das war das Einzige, was etwas kostete. Meine Füße und die Lager unter den Brükken hatte ich umsonst, kostenfrei. Ich konnte mir nicht vorstellen, wie lange ich das aushalten würde. Es wurde Sommer, und es würde schon irgendwie gehen. Irgendwann würde ich schon ankommen, dachte ich. Ich hatte ja Zeit, viel Zeit. Ich war frei, und das war für mich das Wichtigste.

Ich dachte mir, heut ist heut, morgen ist morgen, und was übermorgen ist, darum mache ich mir vielleicht morgen Sorgen. Meine Gedanken waren nur: laufen und weg, weit, weit weg.

Im nächsten Ort kaufte ich mir bei einem Bäcker zwei Croissants und ein Baguette, in einem Gemüsegeschäft eine Tüte Äpfel, ich war schon so daran gewöhnt. Ich überlegte nicht lange und gönnte mir noch zwei Bananen. Am Marktbrunnen spülte ich meine Kaffeeflasche aus und füllte sie mit frischem Wasser. Ich wusste zwar nicht, ob das Wasser, das aus einem Schlangenkopf sprudelte, auch trinkbar war, aber er erinnerte mich an das Märchen Topola. Topola war eine böse Hexe und aus eigener Schuld zu einem Wasser speienden Schlangenkopf geworden. Na ja, es musste ja nicht gerade dieser Schlangenkopf sein.

Als ich den Ort hinter mir gelassen hatte, setzte ich mich am Wiesenrand hinter eine Hecke und konnte so die Landstraße nach rechts und links beobachten. Ich verzehrte mit Heißhunger die beiden Croissants und eine Banane und dachte dabei an heiße Bratkartoffeln, trank von dem Wasser aus meiner Flache und dachte an warme Milch. Meinem Magen war das egal. Kaum hatte ich etwas gegessen, fing er schon wieder an zu knurren, und so ging das von morgens bis abends.

Ich ging noch etwa zwei Stunden, dann sah ich etwas abseits von der Landstraße einen einsamen Bauernhof. Weit und breit kein anderes Haus. Ausgefahrene Wagenspuren schlängelten sich durch die grünen Wiesen. Wo ein Bauernhof ist, da sind doch sicher auch Kühe. Und wo Kühe sind, da ist auch Milch. Ich konnte die Milch schon förmlich schmecken. Also schüttete ich etwas voreilig das Wasser aus der Flasche, aber in der guten Hoffnung, ein bisschen Milch zu ergattern.

Kaum hatte ich den Hof betreten, rief ich nach der Bäuerin. Diese kam wohl gerade aus der Küche, hatte ein Schälmesser in der Hand und blieb im Türrahmen stehen. Sie fragte, was ich denn wolle, und ich fragte zurück, ob ich wohl eine Flasche Milch bekommen könne, hätte aber kein Geld, schwindelte ich. So eine Kuh wird doch wohl einen halben Liter Milch für mich im Euter haben, sie weiß nur noch nichts davon, so dachte ich.

Die junge Frau verstand sofort und sie sah mir wohl an, dass ich nicht gerade auf Urlaubsreise war. Ich sollte mich auf die Bank, die neben einem Mandelblütenstrauch stand, setzen. Dann brachte sie mir eine Trinkschale und einen Krug Milch. Das war mehr, als ich erwartet hatte, und ich machte große erstaunte Augen. Die Bäuerin nickte mir aufmunternd zu, ich solle mich bedienen, und dabei fing sie so nebenbei an, mich auszufragen. Sie musterte mich mit ihren lustigen Augen von oben bis unten. Ob ich vielleicht Arbeit suche, wollte sie wissen und zeigte auf meine Schuhe. Vom Feinsten waren meine Schuhe schon lange nicht mehr. Meine Sonntagsschuhe hatte ich zu Hause gelassen und mich in der Eile für die bequemsten Schuhe entschieden. Die aber waren jetzt fast hinüber, und die langen Fußmärsche und die ständigen Reinigungen mit Wasser hatten sie schon lange übel genommen.

Ich sah schon im Geiste eine Pfanne voller goldgelber Bratkartoffeln mit Speck und Zwiebeln und dazu Spiegeleier und frischen Salat. Ich kannte zwar noch keinen französischen Champagner, aber der konnte nicht besser schmecken als diese wunderbare, kühle Kuhmilch. Ich trank eine halbe Schale aus, und die Idee, wieder einmal in einem richtigen Bett zu schlafen, ließ mich schnell zusagen. Was hatte ich denn zu versäumen? Vor allem könnte ich wieder einmal meine gesamte Kleidung ausziehen und mich gründlich waschen. Bei all den verlockenden Gedanken vergaß ich sogar meine Mutter.

Wir verständigten uns teilweise auf Französisch, teilweise auf Deutsch, und den Rest schafften wir mit Händen und Füßen. Die Bäuerin gab mir zu verstehen, dass ihre Magd im Krankenhaus läge und erst in vierzehn Tagen bis drei Wochen zurück wäre und ob ich nicht Lust hätte. Ich wunderte mich gar nicht, wie schnell ich zusagte. Die Aussicht auf sauberes Wasser, ein sauberes Bett und gutes Essen überrumpelte mich. Mein Magen vollführte schon die ersten Lustsprünge, wahrscheinlich aber war es die Milch. Schon lange hatte er keine Milch mehr gespürt und reagierte dementsprechend. Außerdem hatte ich auch Aussicht auf ein bisschen Geld und Zeit hatte ich mehr als genug.

Die Bäuerin zeigte mir eine kleine Kammer unter dem Dach, ausgestattet mit einem gemütlichen Bett, einem Stuhl und einem wackeligen Tisch. Auf einer alten Kommode standen eine Waschschüssel und ein Wasserkrug, beides mit einem altmodischen, aber hübschen Blümchendekor. Daneben standen noch ein Eimer und ein alter Schrank, der ganz bestimmt noch aus Napoleons Zeiten stammte. Ich konnte mich kaum in der Kammer umdrehen, aber was machte das schon? Schließlich wollte ich ja nur in der Kammer schlafen und ich freute mich schon auf das große hölzerne Bett mit dem gemütlichen Plumeau. Ich erfuhr noch, wo ich baden durfte und wo das warme Wasser dazu herkam. Ich bat die Bäuerin, morgens laut an meine Tür zu klopfen. Ich war es zwar gewöhnt, mit dem ersten Sonnenstrahl aufzuwachen, aber in diesem kuscheligen Bett würde ich sicher schlafen wie ein Murmeltier.

Ich holte mir eine Kanne Wasser, und es sprudelte nicht nur kaltes Wasser aus dem Hahn. Das Badezimmer befand sich im Keller. Ich wusch mir in der Kammer schnell die Hände, das Gesicht und die Füße und schaute mich danach vorsichtig auf dem Flur um. Ich öffnete leise eine zweite Tür, die meiner Kammer direkt gegenüber lag und stand vor einem Speicher. Ein großer Berg Weizen lagerte dort. Also niemand, der außer mir dort oben schlief. Das fand ich schon sehr beruhigend. Sicher hatte die eigentliche Magd ihre Kammer eine Etage tiefer.

Ich ging hinunter in die Küche, half der jungen Frau und deckte den Tisch. Dann zeigte sie mir neben der Küche ein kleines Stübchen. Dort stand ein großer Wäschekorb mit Bügelwäsche, und ich wusste sofort Bescheid. Ich ließ mir eine kleine Schüssel geben und holte Wasser, um die Wäsche einzusprenkeln. Als ich mit dem Bügeln fertig war, gab mir die Frau Bettwäsche und Handtücher, und ich sollte mein Bett beziehen. Ah, wie gut das roch. Ein gelüftetes Bett, frische Bettwäsche, das war doch etwas ganz anderes als unter den Brücken, wo es manchmal ganz erbärmlich roch, wo ich mich aber trotzdem wohl fühlte. Wer wäre denn außer mir noch auf eine solche Idee gekommen? Bei mir war eben alles möglich.

Die Bäuerin schätzte ich auf fünfunddreißig Jahre. Sie hatte ihre dunkelbraunen Haare zu einem schicken Knoten aufgesteckt und war für eine Bäuerin sehr schlank. Sie plapperte munter drauflos, und ich verstand nur sehr wenig. Sie war ein fröhlicher Mensch und lachte gerne, am liebsten über mein Kauderwelsch oder wenn ich einmal wieder nichts verstanden hatte und sie dann hilflos anschaute. Sie hatte eigenartige Augen, gelblich mit braunen Pünktchen und etwas graugrün, wie heller Bernstein mit Einschlüssen. Sie sah faszinierend aus. Ich hatte noch nie solche Augen gesehen.

Dann kam der Bauer mit seinen beiden Knechten vom Feld nach Hause. Die Bäuerin erzählte ihm kurz, was er wissen wollte, und ich spitzte die Ohren, um etwas von dem Gesagten zu erhaschen. Ich hatte ein bisschen Angst vor dieser Begegnung. Dann sagte der Bauer in einwandfreiem Deutsch zu mir:

„Du bist wohl von Zuhause ausgerissen? Hab keine Angst, hier findet dich niemand. Hier ist niemand darauf erpicht, junge deutsche Mädchen einzufangen. Oder hast du etwas ausgefressen? Wirst du von der Polizei gesucht?“

Ich lachte und sagte, dass ich mit meiner Stiefmutter nicht zurechtgekommen wäre und wollte deshalb meiner Wege gehen. Ich wolle nach Paris, aber mein Geld würde nicht reichen.

Deshalb müsse ich zwischendurch arbeiten, damit ich etwas zu essen kaufen könne. In Paris wolle ich mir Arbeit suchen und mein Geld sparen. Dort würde meine Stiefmutter mich bestimmt nicht vermuten und auch nicht finden. Dann würde ich meine Mutter suchen. Wenn die Magd wieder gesund wäre, dann würde ich weiterziehen. Ich hätte mir vorgenommen, Paris zu Fuß zu erreichen, und im Herbst würde ich sicher dort sein.

Ich hatte immer noch ein bisschen Angst, was der Bauer noch sagen würde, aber er war sehr nett und hatte eine beruhigende Art. Ich brauchte wirklich keine Angst vor ihm oder den Knechten zu haben. Sie standen neben dem Bauer und hörten gespannt und neugierig zu. Dann sagte der Bauer, dass er kein Wort Deutsch mehr mit mir reden würde, sonst würde ich die französische Sprache nie erlernen.

Die Knechte wollten natürlich wissen, was es mit mir auf sich hatte. Er erklärte ihnen, warum ich da war, und sie schüttelten nur die Köpfe.

Die beiden hatten sich oft über mein Kauderwelsch amüsiert. Die beiden Männer kamen nach einer halben Stunde frisch gebadet in die Küche, und da war es Zeit für das Mittagessen am Abend. Ich hatte den Eindruck, dass der Bauer und seine Frau froh waren, Hilfe im Haus zu haben. Vielleicht war ich ja gerade deshalb willkommen. Ich war immer ein bisschen skeptisch und auf der Hut.

Manchmal kam ein Polizist auf den Hof geradelt. Dann wurde ich unruhig, weil ich dachte, er käme meinetwegen. Dann fand ich aber heraus, dass er der Bruder der Bäuerin war.

Die störrische Kuh

Ich musste nicht nur im Haus helfen, sondern auch noch andere schwere Arbeit verrichten, was ich ja nun gar nicht gewöhnt war. Kühe melken war doch etwas ganz anderes als mit Nadel und Faden umzugehen. Ich lernte melken, und die erste Kuh stellte sich doch sehr störrisch an. Meine kalten Hände am Euter ließen sie fürchterlich erschrecken. Sie wurde so unruhig und wollte sich meiner Melkkunst nicht unterziehen.

Sie gab dem Eimer einen Tritt, und der zweite Tritt galt mir. Ich aber war schneller und rutschte schon vorher vom Melkschemel. Wohin? Das lässt sich ja wohl denken, und der Milcheimer flog in die Ecke. Die Bäuerin gab der Kuh einen Schlag aufs Hinterteil, was die aber nicht zu merken schien. Ich meinte, dass die Kuh mich vielleicht nicht leiden könne, und die Bäuerin band den Kuhschwanz am Gatter fest. Jetzt stand die Kuh brav wie ein Lämmchen und ließ alles kummervoll und regungslos über sich ergehen. Sie war mein Lernobjekt, und ich quetschte den Euter aus, bis kein Tröpfchen mehr zu holen war. Sie zuckte nicht einmal mit dem Euter und gab auch keinen Laut von sich. Ich sollte mich zuerst umziehen, aber ich winkte ab und sagte:

„Wer weiß, was die anderen drei mit mir vorhaben, so viele Sachen habe ich ja gar nicht." Als die anderen drei Kühe gemolken waren, musste ich mich umziehen, mich und meine Sachen gründlich waschen. Ich sprang in die Badewanne.

Jeden Morgen, wenn ich die heiße Milch auf den Frühstückstisch stellte, wurde ich von den Knechten gehänselt. Sie zeigten, wie ich mit abgespreiztem, kleinem Finger den Euter angefasst hatte. Dann muhten sie und steckten die Zunge zwischen die Vorderzähne und machten „zss, zss", und es wurde ein fröhliches Frühstück. Ich nahm diese Späße nicht übel. Ein Stadtmädchen konnte eben nicht alles können, aber Melken hatte ich jetzt gelernt, oh ja. Ich durfte auch mit zur Heuernte aufs Feld, was mir viel Spaß brachte. Meine Kleidung aber litt sehr unter der Schmutzarbeit. Ich war schon als Kind immer darauf bedacht, meine Kleidung nicht zu beschmutzen, aber hier lernte ich bis zu den Ellenbogen im Schweinefutter zu wühlen und Ställe auszumisten, was nicht immer eine reine Freude war. Auch mein armes Kreuz hatte viel dagegen einzuwenden.

Aus den vierzehn Tagen, die ich bleiben wollte, waren fünf Wochen geworden. Dann kam die Magd wieder, die nach ihrem Krankenhausaufenthalt gleich noch ihren Urlaub genommen hatte. Ich freute mich, dass sie endlich da war, ich wollte ja auch weiter. Es hatte mir auf dem Hof ganz gut gefallen, und die Leute waren wirklich sehr nett. Ich hörte nie ein böses Wort, und nie hat jemand mit mir geschimpft.

In den fünf Wochen kam zweimal ein Händler auf den Hof gefahren. Er hatte einen langen Kastenwagen und konnte auf einer Seite eine Klappe wie ein Schaufenster herunterklappen. Dieser Mann handelte mit allem, was die Leute auf den Höfen benötigten. Vom Schnürsenkel bis zu sauren Drops hatte er alles. Im Wagen lagen auf den Regalen Stoffballen, Gardinen, Wolle, und an der Decke hingen Seile, Haken, Schuhabtreter und Schuhe. In den Schaukästen lagen Garne, Nadeln, Spitze, Knöpfe und vieles mehr. Es gab nichts, was dieser Mann nicht besorgen konnte. Im Anhänger hatte er zwei neue Pflüge und einen großen Motor stehen. Den neuesten Katalog brachte er auch mit.

Die Bäuerin fragte, ob ich etwas benötige, und ich zeigte ihr mein Portemonnaie. Sie lachte nur, und ich durfte mir etwas aussuchen. Ich suchte mir einen Schlüpfer, ein Paar preiswerte Sommerschuhe, ein Stück Seife und Zahnpasta mit Bürste und Haarwaschmittel aus. Dazu noch einen blauweiß karierten Baumwollstoff. Der Stoff war nicht teuer, und das dunkle Blau gefiel mir gut.

Ich durfte die Nähmaschine benutzen und nähte mir an einem einzigen Tag ein hübsches Sommerkleid. Endlich konnte ich wieder etwas anderes anziehen. Die Bäuerin schenkte mir noch einen weißen Kragen, und mein Kleid war perfekt. Auch für sie nähte ich noch ein Kleid und einen Rock für die Magd. Meine Schere tat mir jetzt gute Dienste. Die Magd flüsterte mir zu, dass ich die Nähmaschine, sie war noch neu, nur benutzen durfte, weil ich jeden Morgen die Kühe gemolken, dann auf die Weide getrieben und anschließend den Stall ausgemistet hätte. Sie brauchte das nämlich nicht zu tun. Oh, was hatte ich der Magd jetzt angetan?

Neben meinem Lohn bekam ich auch noch etwas Geld für die Näherei. Es war nicht die Welt, aber ich war zufrieden. Was konnte ich denn auch schon groß verlangen? Ein wenig war immer noch besser als gar nichts. Außerdem hatte ich auch wieder einmal ein schönes Bett und gutes Essen. Was wollte ich mehr?

Einen Tag, bevor ich weiter zog, schrubbte ich meine Schlafkammer sauber und putzte das kleine Fensterchen, vor dem jetzt sogar ein kleines weißes Gardinchen flatterte. Eines aber konnte ich mir nicht verkneifen. Ich wusste ja nun, dass unter dem Weizen Dauerwürste lagerten, vielleicht des guten Aromas oder der Haltbarkeit wegen. Ich bat die Bäuerin um eine solche Wurst und durfte mir eine kleine Dauerwurst herausfischen. Ich wühlte so lange in dem Weizenberg, bis ich eine handgroße Wurst gefunden hatte. Sie wog etwa fünfhundert Gramm und war so dick wie meine Faust. Sie roch außerordentlich gut, und ich steckte sie in Gegenwart der Bäuerin in meine Tasche und sagte, es sei die kleinste Wurst, die ich finden konnte. Meine Kleidung hatte ich tags zuvor gewaschen und gebügelt. So waren schon wieder vier Tage vergangen, und ich schlief ein letztes Mal in dem wunderbaren Bett.

Am nächsten Morgen zog ich mein Bett ab, brachte die Wäsche in die Waschküche und verabschiedete mich nach dem Frühstück von allen. Der Bauer sagte, ich wäre sehr fleißig gewesen und ich solle doch einfach dableiben. Ich sah aber das betrübte Gesicht der Magd und dankte höflich. Ich hatte sowieso ein schlechtes Gewissen, weil ich glaubte, dass durch mich die Magd jetzt mehr arbeiten müsse.

Ich durfte mir noch ein paar Brote machen und meine Flasche mit der guten Milch füllen. Sie wünschten mir alles Gute, und ich solle schreiben, wann ich in Paris angekommen wäre. Ich versprach es und dann ging ich endlich.

Mein Ziel war immer noch Paris, aber da war ich noch lange nicht. Ich durfte gar nicht daran denken, wie oft ich noch unter einer Brücke schlafen musste. Es war aber inzwischen Sommer geworden und es machte mir einfach nichts aus. Ich war guter Dinge und ich ging oder trödelte bis zum Abend. Jeden Tag bat ich Petrus um schönes Wetter. Es gab aber doch Tage voller Regen und Wind, dann kam ich nicht unter der Brücke hervor. Das waren verlorene Tage. Ich hatte mich schon wieder an Baguette, Möhren und Äpfel gewöhnt. Ich wollte jeden Franc sparen und dreimal umdrehen, denn ich wusste ja nie, was der nächste Tag bringen würde. Jeden Abend betete ich um meine Gesundheit. Ich durfte nicht krank werden. Wie hätte ich einen Arzt oder Medikamente bezahlen sollen? Doch ich war guter Dinge und wusste, dass ich es schaffen würde. Im Herbst wollte ich an Ort und Stelle sein, im Winter Arbeit und ein Dach über dem Kopf haben. Hätte ich mich nicht am Anfang meiner Reise so scheußlich verlaufen, wäre ich schon viel weiter gewesen. Aber vielleicht hätte ich dann auch nicht melken gelernt, pa. Von Hätte und Wäre konnte ich nicht leben, und vorbei war vorbei.

Noch hatte ich die Gelegenheit, meine Freiheit gründlich zu genießen, und das tat ich ausgiebig. Bald schon würde ich mich wieder an die allgemeine Ordnung gewöhnen müssen, was das in Zukunft auch immer heißen sollte. Ich wollte mich aber nicht unterkriegen lassen. Ich war schon dabei, alles, was hinter mir lag, zu vergessen. Es war nicht so einfach, aber es gelang mir immer öfter.

Der Streuner

Eines Nachts, ich war schon wieder acht Tage unterwegs und hatte wie immer unter einer Brücke Quartier genommen, hörte ich am frühen Morgen ein Geräusch. Ich dachte sofort an Polizei oder dass mich doch jemand bei meiner Ganzkörperwäsche beobachtet hätte, ja vielleicht sogar ein Landstreicher. Dass ich inzwischen selbst eine Landstreicherin geworden war, fiel mir überhaupt nicht ein. Ich drehte mich leise und vorsichtig um, da stand ein Hund vor mir. Eine hübsche Promenadenmischung in grau, schwarz und weiß. Mit seinen weißen dünnen Beinchen und den schwarzen Pfoten sah er irgendwie schön aus und er gefiel mir sofort. Er war sehr mager und schaute mich unentwegt mit wachen klaren Augen und schief gehaltenem Kopf neugierig an. Ich fragte mich, was der Hund wohl gerade dachte. Hatte ich ihm seinen Schlafplatz weggenommen? Na, jagt sie mich jetzt davon, oder was macht denn die da unter der Brücke? Das dachte er ganz sicher. Ich streckte vorsichtig meine rechte Hand aus und streichelte seinen Kopf, worauf sich der Hund neben mir niederließ. Ich erhob mich langsam und schaute vorsichtshalber nach dem Rechten. Ich war der Meinung, wo ein Hund ist, ist auch ein Mensch. Ich sah aber weit und breit keine Menschenseele. Es war vielleicht vier Uhr morgens, und es wurde schon hell.

Ich packte mein Baguette aus und die Wurst, mit der ich äußerst sparsam umgegangen war und schnitt mit meiner Schere das letzte Stückchen in zwei Teile. Der Hund beleckte sich schon die Schnauze, er hatte sicherlich Hunger genauso wie ich. Noch bevor ich die Wurst richtig geteilt hatte, mit der Schere war das nicht so einfach, schnappte schon der Hund danach. Ich sagte zu ihm: „Setz dich erst mal wieder hin. Du hast keine Manieren, mein Lieber.“

Den Hund interessierte es wenig, ob Manieren oder nicht. Er hatte einfach Hunger und witterte einen guten Happen. Der Speichel lief ihm aus der Schnauze, als er sah, dass ich mit meiner Schere auch noch einen Apfel durchsäbelte. Ich teilte mit dem Hund mein letztes Stück Brot und die leckere Dauerwurst. Ich gab ihm den Namen Streuner.

Wo ich auch hinging, der Streuner war immer dabei. Er wich nicht mehr von meiner Seite. In der nächsten Ortschaft kaufte ich mir in einer Bücherei eine Frankreichkarte. Ich war wieder einmal im Halbkreis gelaufen und noch nicht sehr weit gekommen. Schuld daran war die ständige Suche nach einer Brücke. Von nun an wanderte ich gezielter. Am Tag wanderte ich nach der Karte und in der Nacht schlief ich darauf. Ich suchte mir gezielt Ortschaften aus und wanderte nur noch auf Landstraßen, und der Streuner lief eisern mit. Auch nachts ging er nicht von meiner Seite.

Schnarchen konnte der Hund, dass es mich erbarmte und ich nicht schlafen konnte. Eines Nachts kampierten wir beide hinter einem Strohschober. Die halbe Nacht kroch der Hund kreuz und quer durch den Schober und war hinter den Mäusen her.

Es war mir ganz recht, dass Streuner mich begleitete. Ein Mädchen mit Hund war nicht so auffällig, weniger verdächtig. Ich besorgte uns etwas zu essen, für den Hund stets ein Stückchen Wurst oder Fleisch, und wir gingen am Tag etwa zwanzig Kilometer. Ich hatte noch viele Kilometer vor mir. Manchmal dachte ich, ich würde mein Ziel nie mehr erreichen und den ganzen Weg nicht mehr bewältigen. Ich kaufte in der Woche nur zweimal ein Stück Wurst. Das meiste bekam der Streuner. Ansonsten aßen wir nur Brot, Äpfel und Möhren, ab und an auch einen Kohlrabi. Ich hatte den Eindruck, dass der Hund froh war, jemanden gefunden zu haben, der ihn mochte, so wie ich, dass ich Begleitung hatte. Ab und an kaufte ich auch schon mal ein Stück Kuchen, damit wir mal etwas anderes schmecken konnten. Ein Tütchen Kandiszucker und ein Päckchen Traubenzucker hatte ich immer bei mir, um das Wasser in der Flasche für mich zu süßen. Ab und zu lutschte ich auch ein Stückchen.

Was wird werden, wenn eines Tages das Geld zu Ende ist, dachte ich oft. Ich durfte gar nicht darüber nachdenken. Über die Hälfte des Weges hatte ich aber doch schon geschafft, und das machte mir wieder Mut.

Hatte ich einmal keine Gelegenheit, unter einer Brücke zu schlafen, dann schlief ich mit dem Streuner hinter einem Busch oder auf einer Wiese im hohen Gras. Was konnte mir schon passieren? Ich hatte ja einen wachsamen Hund, wenn er nicht gerade auf nächtlicher Mäusejagd war. Wenn dem Hund der Weg zu lange vorkam, dann legte er sich einfach hin und schlief, manchmal mitten auf der Straße. Nach einer Viertelstunde war er wieder auf den Beinen.

Die Sorge, ob mein Vater oder May mich noch suchen würde, verwarf ich bald. Ich war in ganz Deutschland nicht zu finden. Vielleicht hielten sie mich auch für tot, was May sicher recht gewesen wäre. Mir war das jetzt egal. Sie mussten schon großes Glück haben, mich zu finden, und das beruhigte mich ungemein. Eigentlich brauchte ich mir gar keine Sorgen zu machen und Angst brauchte ich auch nicht mehr zu haben. Trotzdem pochte mein Herz schneller, wenn ich einen Polizisten sah.

Ich ließ mir viel Zeit. So schön würde ich es nie wieder haben. Ich trödelte so manchen Tag und die halbe Nacht umher, wenn ich keine richtige Schlafgelegenheit finden konnte. Als ich eines Tages aus einem Bäckerladen kam, wo ich mir das obligatorische Baguette gekauft hatte und wenigstens für den Hund ein gutes Stück Wurst besorgen wollte, war der Streuner plötzlich verschwunden. Ich konnte rufen und suchen, so viel ich wollte, er war einfach nicht mehr da. Ich hatte mich schon so an den kleinen Kerl mit den dünnen Beinchen gewöhnt. Es war jammerschade, denn mit ihm konnte ich reden. Er spitzte stets die Ohren, wenn er so aufmerksam schauend vor mir saß oder sein Kopf auf meinem Schoß lag oder er mir nachts die Beine wärmte. Er legte dann den Kopf schief, als würde er meinen ganzen Jammer verstehen.

Vielleicht wurde es ihm zu anstrengend, den ganzen Tag an meiner Seite zu marschieren. Andererseits konnte ich froh sein, dass er verschwunden war. Wo hätte ich Arbeit finden können mit dem Hund? Ich hätte mich nur wenig um ihn kümmern können, ihn vielleicht sogar wegschicken müssen. Das hätte mir doch sehr Leid getan. Der Streuner hätte das sicher nicht verstanden. Vielleicht hatte man ihn auch schon einmal irgendwo davongejagt. Ich suchte noch eine Weile nach ihm, aber vergebens. Vielleicht war er mit jemandem mitgegangen? Der Hund fühlte sich sicher genauso verloren wie ich. Er war eben doch ein Streuner wie ich. Sicher hatten wir uns deshalb so gut verstanden, aber wo war er jetzt? Ein bisschen traurig war ich schon. Ich füllte noch am Marktbrunnen meine Flasche mit Wasser, nie wissend, ob das Wasser auch trinkbar war. Ich presste den Stopfen darauf und steckte die Flasche in meine Tasche.

Warum musste es gerade mir so ergehen? Andere Mädchen durften einem Turnverein angehören, durften wandern und Ausflüge machen, sie durften ins Schwimmbad oder ins Kino. Ich durfte nichts von alledem. Warum hatten die beiden mich so behandelt? Ich hatte doch nichts verbrochen. Ich konnte es jetzt noch nicht begreifen. Hätte ich vielleicht jeden Tag sagen sollen, entschuldigt bitte, dass ich geboren, aber nicht Mays leibliche Tochter bin? Schließlich hatte sie das alles vorher gewusst.

Das Paradies

Ich war schon wieder drei Tage unterwegs, da sah ich linker Hand in der Ferne etwas glitzern. Wasser, dachte ich, und wo Wasser ist, ist auch eine Brücke, ganz bestimmt. Ich beeilte mich, dorthin zu kommen und ging quer über eine Wiese. Das Gras reichte mir fast bis an die Hüften und kitzelte an meinen Beinen. Was ich aber dann sah, übertraf alle meine Vorstellungen bei weitem.

Vor mir lag ein See, eingerahmt von Büschen, Bäumen und blühenden Sträuchern. So etwas Schönes hatte ich schon lange nicht mehr gesehen. Die Zweige der Trauerweiden berührten fast das Wasser, das sich im Wind zart kräuselte. Hinter den Sträuchern schloss sich noch ein kleines Wäldchen an. Für mich ideal, um dort zu übernachten. Ein paar weiße Wattewolken schienen auf den Baumkronen zu ruhen. Eine verschwenderische Schönheit lag mir zu Füßen. Ich wanderte um den See herum und staunte ein ums andere Mal und vergaß die Zeit vollkommen. Es war sofort mein Wunsch, dort ein paar Tage zu bleiben. Außer mir trieb mich ja niemand zur Eile an. Hier hatte sich der liebe Gott besondere Mühe gegeben.

Nach Sauerampfer und Kresse fand ich noch manch Essbares. Ein Stück Baguette, gefüllt mit frischer Kresse, was konnte es Besseres geben? Köstlich, da brauchte ich weder Butter noch Wurst.

In der Nähe einer der Trauerweiden sah ich einen verlassenen Bootssteg, aber weit und breit kein Boot. Hinter einem Gebüsch entledigte ich mich meiner Kleidung, nur Hemdchen und Höschen behielt ich an für den Fall, dass mich doch jemand beobachtete. Ich stieg langsam in das erschreckend kalte Wasser und hielt für einen Moment den Atem an. Als dann Bauch und Po nass geworden waren, war alles schon nicht mehr so schlimm. Schwimmen konnte ich immer noch nicht, so zog ich mich am Steg festhaltend durch das Wasser. Endlich wieder einmal den Staub der Landstraße gründlich abwaschen. Es war ein herrliches Gefühl, und ich wusch mir auch gleich noch die Haare. Ich fühlte mich plötzlich pudelwohl, machte sogar mutig ein paar Schwimmbewegungen und freute mich wie ein Kind, als ich wieder Boden unter den Füßen spürte. Dann stieg ich, ein bisschen frierend, wieder aus dem Wasser, schaute mich ein wenig ängstlich um, aber außer mir war niemand da. Schnell zog ich trockene Sachen an und wusch noch ein paar Wäschestücke im See aus. Mein Haarwaschmittel war schon wieder verbraucht, und meine Seife ging auch dem Ende entgegen. Am Abend würden meine Sachen sicher trocken sein, so dachte ich. Ich hatte auch gar keine Bedenken, dass noch jemand kommen könnte. Ich wusste nicht einmal, welcher Tag gerade war. Die Sonne schaute schon schräg durch die Bäume, als ich meine Haare kämmte. Mein Blick ging durch die Haare, über das Wasser, durch die Bäume hin zur Sonne. Es war ein fantastisches Bild, und ich schaute immer wieder durch den Vorhang meiner Haare und sah immer wieder ein anderes Sonnenbild. Es war so still, ich war ganz allein und fühlte mich wie Eva im Paradies, nur dass Eva keine Wäsche waschen musste.

Ich ging dann noch ein bisschen tiefer in das Wäldchen und fand außer wilden Himbeeren auch noch einen Rest Walderdbeeren. Es roch verdammt gut. Ich sammelte so viele Früchte, wie ich finden konnte, auf ein Körbchen geflochtenen Farnkrautes und legte sie sorgsam neben meine Tasche. Ich drückte eine tiefe Mulde in das Gebüsch, auf dem ich meine Wäsche zum Trocknen gelegt hatte. Dann machte ich mir ein Lager aus feinen Ästchen und Blattwerk, suchte noch einen Arm voll Farnkraut und legte die Mulde damit aus. Ich zog Strümpfe und Schuhe wieder an und setzte mich in meine Kuschelmulde. Ich aß noch ein Stück Baguette mit Kresse und hinterher die Waldfrüchte, ach, war das ein Schmaus.

Ich legte meine Tasche unter meinen Kopf und wollte nur ein bisschen ausruhen, wenigstens so lange, bis meine Wäsche trocken wäre. Meine Füße und Beine wurden mollig warm. Über die Bäume und den See legte sich eine unermessliche Stille, dann schlief ich ein.

Entengeschnatter und Vogelgezwitscher weckten mich auf. Eine kleine Brise schäkerte mit den Blättern an den Bäumen und Büschen, und Vögel hüpften und sprangen umher und besprachen ihren Plan für den Morgen. Doch ich schlummerte wieder ein.

Plötzlich zog jemand an meiner Tasche, die ich stets als Kopfkissen oder Stütze benutzte. Über mir sah ich das Gesicht eines Mannes und schimpfte sogleich auf ihn ein. Im ersten Moment war ich doch sehr erschrocken und betrachtete diesen Mann als Eindringling in mein Paradies. Doch dieser Mann hatte ein so gütiges Gesicht, dass von ihm eigentlich nichts Böses ausgehen konnte. Dann raschelte es hinter meinem Kopf im Gebüsch, und ich dachte, aha, da hat er noch jemanden mitgebracht. Äste knackten, und der Verursacher des Geräuschs konnte vom Karnickel bis zum Wildschwein alles Mögliche sein. Es konnte aber auch ein Kumpan dieses Mannes sein. Sofort setzte ich mich auf und traute meinen Augen nicht. Da stand mit schief gestelltem Kopf und hängender Zunge der Streuner. Der Hund freute sich so sehr, dass sich sein Hinterteil fast um ihn herumgeschlungen hätte, so heftig wedelte er mit dem Schwanz. Da war er also wieder, mein ständiger Begleiter. Wie hatte mich der Hund nur nach zwei Tagen gefunden? Es war mir auch egal, Hauptsache, er war wieder da. Ich stand schleunigst auf, warf meinen Mantel, den ich mir über die Beine gelegt hatte, beiseite, um den Hund zu begrüßen und zu tätscheln.

Der Mann, er zählte etwa fünfzig Jahre, machte einen netten Eindruck. Sein Angelzeug lag neben dem Bootssteg, und sein Fahrrad lag daneben im Gras. Ein Fahrrad, dachte ich, ja, ein Fahrrad. Damit hätte ich bestimmt schon die ganze Strecke nach Paris geschafft. Im Moment gefiel mir der Gedanke an Paris überhaupt nicht. Viel lieber wäre ich in diesem Paradies geblieben.

„Warum willst du nicht gleich ein Auto?“, hatte May einmal gefragt, als ich mir ein Fahrrad zu Weihnachten gewünscht hatte.

Der gute Mann redete auf mich ein, und ich deutete an, dass er doch bitte langsamer sprechen möge, sonst könnte ich nicht alles verstehen. Er wollte nur wissen, woher und wohin und ob er mir helfen könne. Ich glaubte, der Himmel hätte mir diesen Mann geschickt, genauso wie damals, als ich elfjährig von Zuhause weglief, um meine Mutter zu suchen.

R.

Mein Vater war ein mittelgroßer Mann mit braunen Haaren und braunen Augen. Er hatte eine schlanke Figur und war auf dem rechten Auge blind, durch einen Unfall auf der Hütte, so hatte man mir einmal gesagt. Er hatte May, die Nonne im Kinderheim war, geheiratet. Als ich diese Nonne zum ersten Mal in ziviler Kleidung sah, hatte ich sie fast nicht erkannt. Ich machte wohl ein so betroffenes und dummes Gesicht, dass sie lauthals lachen musste. Ich wollte sie deshalb nicht begrüßen. Ich wurde bald aus diesem Heim nach Hause geholt und von da an verstand ich mich nicht mehr mit May, dieser Nonne, die meine Stiefmutter geworden war. Sie hatte nicht mit mir gelacht, sondern mich ausgelacht. May entpuppte sich als wahrer Teufel.

Ich wusste von meiner Großmutter Cäcilie, der Mutter meiner Mutter, dass auch meine Mutter wieder geheiratet hatte und in Frankfurt am Mein lebte. Ich hatte immer noch große Sehnsucht nach meiner Mutter und ich entschloss mich, einfach wegzugehen und meine Mutter zu suchen. In den Mänteln und Jacken, die der Einfachheit halber immer im Luftschutzkeller hingen, es war Krieg, und wir mussten manche Stunde des Nachts im Keller verbringen, fand ich ein paar Groschen und Fünfpfennigstücke.

Am nächsten Tag ging ich, wie jeden Morgen, mit meinem Schulranzen auf dem Rücken aus dem Haus. Ich lief, so schnell ich konnte, unsere Straße rechts hinunter und dann um die Ekke zur Straßenbahnhaltestelle, ohne mich auch nur einmal umzusehen. Ich fuhr nach Saarbrücken. Ehe May merken würde, dass ich nicht mehr da war, würden etwa sechs Stunden vergangen sein.

Im Hauptbahnhof suchte ich auf dem Aushang den nächsten Zug nach Frankfurt am Main, kaufte mir eine Bahnsteigkarte, ohne die niemand den Bahnsteig betreten durfte, und rannte die Treppe zu dem angegebenen Bahnsteig hinauf. Der Zugabfertiger steckte schon die Trillerpfeife in den Mund und hob die Kelle. Ich kletterte flugs in den nächsten Waggon vor dem Gepäckwagen, und dann ruckte der Zug an. Ich war so außer Atem, dass ich erst einmal an der Tür stehen bleiben musste. Dann sah ich den Zugabfertiger langsam, noch mit der Kelle in der erhobenen Hand, am Türfenster vorbeihuschen.

Fliegeralarm

Die Angst, ohne gültige Fahrkarte erwischt zu werden, war natürlich groß. Ich legte meinen Schulranzen in ein Abteil ins Gepäcknetz und ging von einem Abteil zum anderen und achtete immer darauf, wo sich der Zugbegleiter gerade aufhielt. Einmal ging ich sogar mutig auf ihn zu. Er aber fragte mich nicht einmal nach meinem Platz. Schließlich setzte ich mich in ein Abteil, in dem eine Dame und ein Herr Platz genommen hatten. Die Dame saß am Fenster und der Herr an der Abteiltür. Er schaute mich durchdringend an, und ich dachte, ob er mich wohl kennt oder mich sucht und schon gefunden hatte? Ich machte die Probe, nahm meinen Ranzen aus dem Gepäcknetz und ging in ein anderes Abteil. Der Zug fuhr in einen Bahnhof ein, und ich dachte, jetzt wird er sicher kommen und sagen:

„Nun komm schon, dein Vater wartet auf dich." Ich ging in den nächsten Wagen und versteckte mich in der Toilette. Als der Zug wieder anfuhr, öffnete ich die Toilettentür und dann sah ich gerade noch, wie eben dieser Herr von einer hübschen Frau und zwei Kindern herzlich begrüßt wurde. Alle Angst war umsonst gewesen. Oder war es das schlechte Gewissen, was mich plagte? Wieso sollte mich jetzt schon jemand suchen? May wähnte mich doch in der Schule, und ich hatte noch etliche Stunden Vorsprung.

Ich setzte mich wieder in das Abteil zu der Dame, die immer noch ihren Fensterplatz innehatte. Der Zug fuhr erst ein paar Minuten, doch plötzlich brummte und krachte es über uns. Der Schaffner stand gerade an der Abteiltür, ich hatte ihn nicht kommen sehen, und er unterhielt sich mit der Dame. Mir klopfte das Herz so schnell und so laut, dass ich dachte, der Schaffner müsste es unbedingt hören. Vielleicht würde er mich jetzt mitnehmen und in ein anderes Abteil einsperren. Tausend Gedanken gingen mir in Sekunden durch den Kopf, und ich war schon dem Weinen nahe. Wie sollte ich jetzt nur aus dem Abteil verschwinden? Da riss mich der Schaffner von meinem

Platz und drückte mich mit seinem Körper auf den Abteilboden. Die Dame tat es ihm gleich und duckte sich vor ihrem Sitzplatz auf den Boden, so schnell sie nur konnte. Das Fensterglas splitterte. Als die Gefahr vorüber war und nicht mehr geschossen wurde, die Schießerei entfernte sich sehr schnell, erzählte der Schaffner, und ich zitterte am ganzen Körper.

„Vor zwei Tagen, es war hier auf der gleichen Strecke, wurde ein Militärzug von feindlichen Fliegern beschossen. Es hat viele Verletzte und auch Tote gegeben. Dieser Angriff jetzt galt aber bestimmt nicht unserem Zug, sondern sicher dem Güterzug, der eben an uns vorbeigerattert ist. Ganz sicher war das so, sonst wären die Flugzeuge gleich wieder umgedreht."

Ich war so verängstigt und erschrocken, dass ich auf dem Boden sitzen blieb. Der Schaffner half der Dame und klopfte ihr die Scherben von der Kostümjacke. Langsam begriff ich, was geschehen war. Jetzt war ich noch mehr verängstigt und der Schrecken saß mir in allen Gliedern. Ich stand nun auch langsam auf und ging mit der Dame in ein anderes Abteil. Sie blutete am Kopf, und der Schaffner schloss das Abteil wegen des kaputten Fensters ab. Dann stieg die Dame aus, und ich setzte mich ans Fenster. Es fing an zu regnen, und die Wassertropfen rasten quer über die Fensterscheibe. Mit dem Finger zeichnete ich die Tropfen nach, die jetzt immer mehr und mehr wurden und wie kleine Bächlein am Rande herunterrannen. Bis Frankfurt wurden keine Fahrkarten mehr kontrolliert.

Als ich in Frankfurt am Main ankam, heulten die Sirenen Vollalarm. Niemand nahm Notiz von mir. Die Schaffnerhäuschen, wo man sonst seine Fahrkarte abgeben musste, waren leer, und die Menschen stürzten wie eine Flutwelle den Ausgängen zu. Die meisten Leute rannten, soweit es Koffer und Taschen zuließen, zum Bahnhofsbunker. Als ich das Wort Bunker hörte, rannte ich einfach hinterher. Die vielen Leute hatten mich abgedrängt, und der Bunkerwart wollte schon die schwere Eisentür schließen. Ich rief, so laut ich konnte, und der gute Mann wartete auf mich. Er war zwar erstaunt, wo ich um diese Zeit noch mit dem Schulranzen herkomme, es war schon fast dunkel, fragte aber nicht weiter, sondern kümmerte sich um die Leute. Er konnte, so wie ich, nicht wissen, dass wir uns schon am nächsten Morgen wieder sehen würden.

Dann brummte und krachte es rundum, dass die schwere Eisentür schepperte. Ganz in der Nähe mussten Bomben gefallen sein. Als dann endlich die Sirene Entwarnung heulte, gingen alle Menschen eiligst ihrer Wege. Aber wo war mein Weg? Ich kannte mich doch in Frankfurt nicht aus. Ich wusste nur, wie die Straße hieß, wo meine Mutter wohnen sollte, aber nicht, wo diese Straße zu finden war. Frankfurt war groß, und wen sollte ich fragen? Die Straßen waren plötzlich wie leergefegt. Mit einem Mal stand ich mutterseelenallein da, und die Sirene heulte erneut Vollalarm. Wo war der Bunker? Aus welcher Richtung war ich nur gekommen? Ich stand da, mit meinem Ranzen auf dem Rücken und weinte vor Angst.

Ein junger Mann in Soldatenuniform ergriff meinen Arm und zerrte mich mit sich fort.

„Hier kannst du nicht bleiben", meinte er nur und rannte mit mir zum Mainufer. Er ließ mich gar nicht mehr los, und ich hatte eine Heidenangst. Die Flak schoss, und die Bomben fielen. Ich zitterte und weinte immer noch. Der Lärm wollte kein Ende nehmen, und feindliche Flugzeuge setzten Lichter an den Himmel. Der Soldat erklärte mir, wieso und warum und nannte die Lichter Christbäume.

Als er mich genügend ausgefragt hatte, versprach er mir, mich zur Elbestraße zu bringen. Dort sollte ich dann allein mein Glück versuchen. Dann heulte die Sirene einen einsamen langen Ton: Entwarnung.

Wir gingen sofort zurück, und was ich da zu sehen bekam, konnte ich nie wieder vergessen: Brennende Häuser, schreiende Menschen, die mit Angstaugen aus den Kellerlöschern schauten und um Hilfe riefen. Über dem Keller ein Schutthaufen, Trümmer. Der junge Soldat versprach Hilfe, und von da an war ich auf mich gestellt. Er zeigte nur noch in eine Richtung und rannte dann davon. Ich lief auch, so schnell ich konnte, in Straßen, deren Namen ich nicht wusste. Die Fenster der Häuser waren abgedunkelt, nur der Mond spiegelte sich in den Scheiben, und die Flammen der brennenden Häuser warfen gelbe und orangefarbene Lichter und heiße Schatten auf die Straßen. In einer Straße, die noch vor dem Angriff verschont geblieben war, ging ich in das erste Haus, dessen Haustür offen stand. Ich stellte mich hinter die Tür und lauschte. Keine Bewegung, kein Geräusch. Dann stieg ich leise und mit klopfendem Herzen die Treppe hinauf, die nur eine düstere Notbeleuchtung hatte, die auch sogleich wieder erlosch. Dann stieg ich eine Bodentreppe hinauf, die Tür zum Boden war verschlossen. Ich setzte mich auf die oberste Treppenstufe und musste verschnaufen.

Ich dachte an Zuhause und was mein Vater und May wohl unternehmen konnten oder ob sie abwarten würden, bis die Polizei die Nachricht bringen würde, dass ich irgendwo tot aufgefunden worden wäre.

Jetzt vermisste ich erst meinen Schulranzen, darin steckte die Adresse meiner Mutter. Ich hatte ihn vor Aufregung am Mainufer vergessen. So bequem es irgend möglich war, setzte ich mich in eine Ecke, streckte meine Beine aus, lehnte meinen Kopf gegen die Wand und betete, dass in dieser Nacht doch bitte niemand auf den Boden gehen möge. Wer sollte außer mir des Nachts auf den Boden gehen? Ich hatte den ganzen Tag noch nichts gegessen und ich wusste auch nicht, wie spät es eigentlich war. Ich fühlte mich ziemlich mies, und mir war schlecht. Wahrscheinlich war es die Aufregung oder der Hunger. Trotzdem schlief ich vor Übermüdung ein.

Es war für mich ein schrecklich aufregender Tag gewesen, und ich konnte mich einfach nicht mehr an den neuen Namen meiner Mutter erinnern. Der Name war mir völlig entfallen.

Als ich aufwachte, schob ich die Verdunkelung am Treppenfenster zur Seite und schaute durch das Fenster. Meine Augen schmerzten von dem hellen Sonnenlicht. Wie spät es wohl war oder wie früh? Was war das für ein Leben? Am Tag heller Sonnenschein und in der Nacht Scheinwerfer, Bomben, Flakgeschosse und Christbäume am Himmel. Ich fror und ich hatte

Hunger. Ich lauschte über das Treppengeländer nach irgendwelchen Geräuschen. Es war mäuschenstill im ganzen Haus. Entweder schliefen die Leute noch oder sie waren schon zur Arbeit gegangen. Ich schlich leise eine halbe Treppe hinunter, drehte den Schlüssel, der in einer schmalen Tür steckte, herum und stand vor einer Toilette. Ich zog sachte die Tür hinter mir zu und verrichtete meine dringende Notdurft. Aufatmend und sehr erleichtert schlich ich dann die Treppe hinunter, an einer rotbraunen Katze vorbei, die auf einem grauen Schuhabtreter vor einer Korridortür saß und geduldig auf Einlass wartete. Sie schaute mich nur neugierig an und wechselte ihre Sitzposition.

Endlich hatte ich es geschafft, ich war unten. Auf Zehenspitzen die Treppe hinunterzugehen, war gar nicht so einfach. Jemand musste noch in der Nacht die Haustür abgeschlossen haben. Für mich war es mühselig, die beiden Riegel oben und unten herauszuziehen. An den oberen reichte ich nicht heran, fand aber nach kurzem Suchen eine Leiter auf der Kellertreppe stehen. Ich schleppte sie zur Haustür und konnte so den oberen Riegel und die Tür aus dem Schloss herausziehen. Ich durfte keinen Lärm machen und ließ die Leiter einfach stehen.

Nun stand ich wieder auf der Straße und versuchte, mich zu erinnern, wo ich des Nachts hergekommen war. Zuerst musste ich weg von dem Haus, in dem ich genächtigt hatte. In der Nacht hatte alles ganz anders ausgesehen. Mein Vater und May hatten ja keine Ahnung, was ich in der kurzen Zeit, in der ich von Zuhause weg war, schon erlebt hatte. Wie ich aber May kannte, hätte sie nur schadenfroh gelacht. Zwei Straßen weiter sah ich Leute in den Trümmern nach ein paar Habseligkeiten suchen. Eine Frau zog eine Wolldecke aus dem Schutt hervor und staubte sie aus. Ich fragte sie, wie ich zum Bahnhof käme, und sie erklärte es mir genau.

Als ich endlich den Bahnhof gefunden hatte, groß und mächtig stand er vor mir, ging ich in die Richtung, in der ich den Bunker vermutete. Dort erkannte ich den alten Mann wieder, der mich am Abend zuvor noch in den Bunker gelassen hatte. Er wollte wissen, was mich schon so früh in den Bunker trieb, und ich erfuhr, dass es sechs Uhr in der Früh war. Ich erzählte ihm, was ich noch in der Nacht erlebt hatte und ich meinen Schulranzen suchen müsse. Die Adresse meiner Mutter sei in dem Ranzen, und ich wisse nun nicht, wo ich meine Mutter suchen sollte. Der alte Mann sprach beruhigend auf mich ein:

„Warte mal, mein Kind, deine Mutter werden wir schon finden. Wir müssen aber zuerst zu mir nach Hause, meine Frau macht sich sonst Sorgen. Deinen Schulranzen brauchen wir wohl nicht zu suchen, wenn du nicht genau weißt, wo ihr des Nachts gewesen seid. Elbestraße, sagst du?", und ich nickte eifrig mit dem Kopf.

Ich hatte Vertrauen zu dem alten Mann. Seine Haare waren schon weiß und sahen wie frisch gewaschen aus, aber noch nicht gekämmt. Er machte die Bunkertür weit auf und sagte zu seiner Ablösung:

„Also dann, bis heute Abend."

Der alte Mann stellte noch den Besen hinter die Bunkertür, dann ging er mit mir durch ein paar lang gezogene Straßen, bis wir zu einem Häuschen kamen, das ein bisschen abgelegen in einem Garten voller Gemüse stand. Ich wollte nicht mit ihm in das Häuschen gehen, aber seine Frau holte mich herein. Sie gab mir Brot und warme Ziegenmilch. Die Frau war wie ihr Mann sehr mager und hatte schlohweiße Haare. Sie erinnerte mich sehr an die Hexe in dem Märchen Hänsel und Gretel, weil sie einen kleinen Buckel hatte. Aber die Hexe wollte ja den Hänsel verspeisen und nicht die Gretel. Also hatte ich doch Aussicht, wieder heil aus dem Häuschen herauszukommen. Die sanften Augen dieser Frau sahen mich liebevoll an, und dann meinte sie, weil ich das Brot in einem Heißhunger verschlang:

„Du hast wohl lange nichts gegessen?", und ich nickte nur mit dem Kopf.

Nach dem Frühstück fuhr der alte Mann, er war bestimmt schon siebzig Jahre alt, mit mir zur Elbestraße. Ich durfte hinten auf dem Gepäckträger seines Fahrrads sitzen. Er meinte, wenn ich den Namen meiner Mutter auf einem Briefkasten oder

Klingelschildchen lesen würde, dann würde er mir bestimmt wieder einfallen. So gingen wir also die eine Straßenseite hin und die andere Seite zurück, lasen alle Namen an den Briefkästen, und er erzählte mir, dass sein einziger Sohn im Krieg gefallen sei, dass er mit seiner Frau die Wohnung durch Bombeneinschlag verloren hätte und sie deshalb im Gartenhäuschen wohnen würden und dass nicht alle Leute, die ausgebombt wären, eine solche Wohngelegenheit hätten.

Ich war schon ganz verzweifelt, weil ich den Namen meiner Mutter einfach nicht finden konnte. Sollte sie etwa nicht mehr hier wohnen? Vielleicht war sie bei einem Fliegerangriff ums Leben gekommen? Bitte, lieber Gott, lass mich meine Mutter finden, betete ich leise. Kein Name, der mir nur irgendwie bekannt vorgekommen wäre, doch plötzlich war er da, der Name.

Nun mischte sich die große Freude mit Angst, und mein Herz klopfte so laut, dass ich glaubte, der alte Mann müsse es hören. Das Zittern kroch mir wie in der vergangenen Nacht den Rücken hinauf bis in den Kopf. Der alte Mann sah mich an und lächelte.

„Jetzt haben wir es geschafft." Ich aber schlang beide Arme um seinen Hals und küsste ihn auf beide, noch unrasierte, stoppelige Wangen. Was aber würde sein, wenn die Leute in dieser Wohnung, die wir nun endlich gefunden hatten, nur so hießen, den gleichen Namen hatten und meine Mutter gar nicht hier wohnte? Was würde meine Mutter, die ich so sehnsüchtig gesucht hatte, wohl sagen, vor allem ihr neuer Mann? Tausend Fragen drängten sich mir auf.

Ich zögerte immer noch, dann nahm ich die Hand des alten Mannes und zog ihn mit ins Haus. Ich klopfte an die Tür, auf der auf einem kleinen Schildchen der sehnlichst gesuchte Name stand. Der alte Mann begriff jetzt, dass ich von Zuhause weggelaufen war und von weit her gekommen sein musste. Als ich aber so plötzlich vor meiner Mutter stand, sie erwartungsvoll anschaute und mir wünschte, dass sie mich endlich liebevoll umarmen würde, sagte sie nur:

„Wo kommst du denn her? Hier bei mir kannst du nicht bleiben."

Den netten alten Mann hatte sie gar nicht beachtet und machte ihm vor Erstaunen und Schrecken die Tür vor der Nase zu.

„Er hat mit mir die ganze Gegend abgesucht. Ohne ihn hätte ich dich gar nicht gefunden", sagte ich voller Enttäuschung, setzte mich auf den Fußboden und weinte bitterlich. Kein Wort oder Geste der Freude. Was hatte ich denn auch erwartet? Ich stand wieder auf und schaute mich hilflos auf dem Flur nach dem alten Mann um, aber er war schon gegangen, ganz einfach so. Am liebsten wäre ich ihm nachgelaufen, in der Hoffnung, dass meine Mutter sich wenigstens bedankt. Von dieser Seite kannte ich meine Mutter noch gar nicht.

Wir brauchten eine Weile, um uns zu beruhigen. Nun lernte ich die beiden Kinder meiner Mutter kennen. Sie lagen beide noch in ihren Bettchen und wunderten sich über das, was da im Zimmer vor sich ging. Der kleine Hans war ein so niedlicher Junge und er lachte mich mit seinen klaren blauen Augen vergnügt an. Er krabbelte an das Fußende seines Bettchens und beobachtete mich genau. Die kleine Christel sah aus wie ein Engelchen. Sie sah mich mit ihren tiefblauen Augen so durchdringend an, dass ich lachen musste. Am Abend schaute der neue Mann meiner Mutter vorbei. Er war Soldat bei der Flak (Fliegerabwehr). Er sagte etwas von viel Fliegeralarm, wenig Platz und Jugendamt. Meine Mutter war schon einmal ausgebombt gewesen und hatte mit den beiden Kindern ein großes Zimmer zugewiesen bekommen. Ein Metallbett, ein Tisch, eine hölzerne Bank, darauf durfte ich des Nachts schlafen, zwei Kinderbettchen und zwei Stühle. In der Ecke stand ein alter, aber gepflegter Kleiderschrank. Meine Mutter durfte bei der Wohnungsinhaberin in der Küche kochen, Bad und Toilette benutzen. Ich sah bald ein, dass für mich da kein Platz war, und meine Enttäuschung wurde riesengroß.

Ich erzählte meiner Mutter, was ich auf der Fahrt und in der Nacht erlebt und wo ich genächtigt hatte. Zwei Tage später klopfte es an die Tür. Der junge Soldat war gekommen und brachte meinen Schulranzen. Er sagte, dass ihm eingefallen wäre, dass ich einen Schulranzen gehabt hätte, ich aber nach der Entwarnung ohne Ranzen gewesen wäre. Er hätte sich auf die Suche gemacht. Dort, wo wir den Fliegerangriff abgewartet hätten, hätte mein Ranzen, noch an einem Stein angelehnt, gelegen. Die Adresse hätte er darin gefunden und nun wäre er hier. Meine Mutter bedankte sich und bat den Soldaten herein, er aber winkte ab und sagte:

„Die Kleine hat mir alles erzählt", und zu mir meinte er:

„Es gibt noch Schlimmeres. Aber jetzt hast du ja deine Mutter gefunden." Er meinte zu meiner Mutter: „Ich muss jetzt gehen und noch viel erledigen. Meine Eltern sind bei dem Angriff vor zwei Nächten ums Leben gekommen." Er trug ein schwarzes Bändchen an seinem Revers. Meine Mutter bedankte sich nochmals und schenkte ihm eine Schachtel Zigaretten. Dann lächelte er mir zu und ging. Der Ranzen war aus gutem Leder gearbeitet, und ich hätte bestimmt noch mehr Ärger bekommen, als ich dann noch bekam.

Schon in der nächsten Nacht ging wieder die Sirene: Vollalarm. Wir schafften es nicht mehr in den nächsten Luftschutzbunker. Wir sind, als schon die Flugzeuge über uns brummten, einfach in ein Haus gelaufen und dann sofort in den Keller gegangen. Bis auf eine ältere Frau waren keine Hausbewohner dort, sie hatten sicher noch den Luftschutzbunker erreicht. Wir hatten uns gerade in einer Ecke auf den Boden gesetzt, da krachte es fürchterlich über uns, und die halbe Decke stürzte ein. Ein Kleiderschrank hing in dem großen Loch in der Decke. Halb in den Trümmern lag die alte Frau. Wir hatten große Angst, dass der Rest der Decke auch noch herunterstürzen würde. Trotzdem gruben wir die alte Frau aus. Wir hatten keine Geräte und warfen den Dreck und die Steine mit den Händen auf einen Haufen neben der Kellertür und stellten dabei entsetzt fest, dass die Kellertür verschüttet war und nicht zu öffnen ging.

Hans und Christel saßen in der Ecke und weinten. Meine Mutter betete und meinte, dass wir bestimmt nicht mehr lebend aus diesem Keller herauskommen würden. Die alte Frau meinte, wir sollten uns in Sicherheit bringen, sie liegen lassen, sie hatte große Schmerzen. Nur wie das gehen sollte, wusste sie auch nicht. Ich musste mit meinen Schuhen kräftig gegen den Durchbruch schlagen. Es war nichts da, womit man hätte den Durchbruch einreißen können.

Unsere Haare waren grau vor Staub, und aus unseren grauen Gesichtern sprach höchste Angst. Dann hörten wir leises Sirenengeheul: Entwarnung. Wir waren wie mit grauem Puder bestäubt, ein lustiger Anblick in dieser furchtbaren Lage. Hans und Chistel, mit ihren von Tränen verschmierten Gesichtern und vor Angst geweiteten Augen, hatten die kleinen Händchen gefaltet. Jetzt klopfte ich mit einem Stein gegen den Durchbruch.

Nun wurde von der anderen Seite gegen den Durchbruch gehämmert, und ein Stein nach dem anderen fiel heraus. Mit dem ersten Loch in der Wand kam auch kalte feuchte Luft, wie sie einer Waschküche eigen ist, herein, und der graue Staub tanzte gespenstig durch den Kellerraum. Das halbe Haus sei von einer Bombe getroffen, und wir könnten von Glück sagen, dass es nicht auch noch gebrannt hätte, meinten unsere Retter. Drei Stunden hatte es gedauert, bis wir den Keller verlassen konnten. Wir sahen aus wie Bergarbeiter und hatten fast keine Stimme mehr. Wir husteten um die Wette, und in der Waschküche des Nebenhauses konnten wir Wasser trinken und den Staub abspülen. Das Ehepaar, das uns befreit hatte, sah zu, noch mit der Spitzhacke in der Hand, wie wir Kinder uns gegenseitig den Staub aus den Gesichtern wuschen. Ein anderer Mieter holte Hilfe für die alte Dame. Das kann man niemals vergessen. Auf dem Weg nach Hause sagte meine Mutter immer wieder:

„Hoffentlich ist unsere Wohnung noch da."

Erst, als wir die Wohnung unversehrt vorfanden, weinte meine Mutter bitterlich. Wir Kinder sahen uns an und dann weinten wir auch. Nach zwei Tagen hörte meine Mutter, dass die alte Dame im Krankenhaus ihren Verletzungen erlegen war.

Ein paar Tage durfte ich bei meiner Mutter bleiben. Es waren Tage ohne Fliegeralarm und mit viel Sonnenschein. Zweimal waren wir beim MOSLER, und ich durfte dort auf der Bahn Rollschuh laufen. Meine Mutter wunderte sich, was ich alles konnte. Aber dann stand plötzlich mein Vater vor der Tür, um mich abzuholen. Meine Mutter hatte ihm geschrieben. Seines blinden Auges wegen war er noch nicht zum Militär eingezogen worden. Er trug eine schmale Nickelbrille und mit Vorliebe helle Anzüge und wegen seiner kleinen Füße immer elegante Schuhe.

Er war überhaupt nicht erfreut, mich zu sehen, und gar nicht erbaut, dass ich ihm solche Umstände machte. Er sprach auf der Heimreise kein einziges Wort mit mir. Ich sagte vor Angst auch nichts. Ich wartete darauf, dass er mich wenigstens fragen würde, warum oder wieso ich ausgerissen war. Ich konnte mir schon denken, was mir blühen würde, wenn wir erst zu Hause wären.

Ich wollte zur Toilette und durfte gehen. In dieser Minute fuhr der Zug in Ingelheim ein, und ich sah am gegenüberliegenden Bahnsteig den Zug nach Frankfurt am Main stehen. Ich überlegte nicht lange, stieg aus, rannte über den Bahnsteig, öffnete die Tür, kletterte behände in den Zug, schlug die Tür zu, und der Zug fuhr ab. Als ich meinen Vater am geöffneten Abteilfenster stehen sah, zitterte ich am ganzen Leibe und ich duckte mich, damit er mich nicht sehen konnte. Ich hatte ein unbeschreibliches Gefühl aus Angst und Freude. Diese Mischung an Gefühlen kannte ich noch nicht. Was meine Mutter wohl sagen wird, schoss es mir durch den Kopf. Am gleichen Abend stand ich wieder bei meiner Mutter vor der Tür. Sie wusste nicht recht, ob sie schimpfen oder lachen sollte. Dann nahm sie mich endlich in den Arm, und wir lachten so lange, bis wir beide weinten.

Ich erlebte noch zwei schöne Tage, und am dritten Tag war mein Vater wieder da. In einer kleinen Gaststätte in der Nähe des Hauptbahnhofs saß May an einem der Tische und grinste mich schadenfroh an. Sie war sehr dominant und nahm den ganzen Platz in meiner Familie ein. Sie vergaß ganz einfach, dass ich zuerst da war. Sie sprachen beide kein Wort mit mir. Wir mussten uns beeilen, den Zug noch zu erreichen. Im Zug musste ich zwischen ihnen sitzen. Ich überlegte krampfhaft, wie ich den beiden entkommen könnte. Auf die Toilette durfte ich während der Reise wohl gehen, allerdings mit May. Ich wollte mich aus dem Fenster stürzen, denn was mich zu Hause erwarten würde, konnte ich mir lebhaft ausmalen. Das Toilettenfenster aber war so schmal und hoch, dass ich mich nicht hindurchzwängen konnte. Als wir zu Hause ankamen, nahm mein Vater den Handfeger und schlug so lange auf mich ein, bis ich nicht mehr aufstehen konnte und in der Küchenecke liegen blieb.

May rief ihm zu:

„Hör auf, du schlägst sie ja tot!"

Es war das erste Mal, dass mein Vater mich schlug. Nicht weil ich ihm entschlüpft war, sondern wegen der drei Tage Arbeitsausfall und weil die Reise viel Geld gekostet hatte. Ich hätte zu gerne Mays Gesicht gesehen, als mein Vater ohne mich, aber mit dem Schulranzen in der Hand zu Hause ankam.

In den nächsten Wochen konnte ich anfangen, was ich wollte, May war immer dabei. Ich war damals zwölf Jahre alt. May begleitete mich in die Schule, holte mich wieder ab, wir gingen zusammen einkaufen, und es war, als wären wir eine fröhliche Familie.

Der Job

Was war das doch für ein Paradies, in dem ich ohne jegliche Furcht übernachtet hatte. Und wieder war es ein älterer Herr, der mir seine Hilfe anbot. Ich musste wohl einen guten Schutzengel gehabt haben. Nur dieses Mal war noch jemand da, der sich freute, mich zu sehen, und das war der Streuner.

Der Mann stand da, sah mich und meinen Hund an und wartete auf eine Antwort. Ich erzählte ihm, woher ich kam und wohin ich wollte und dass ich eine Deutsche sei. Das aber hatte er längst verstanden. Ich erzählte ihm, dass ich mit der neuen Frau meines Vater nicht zurechtgekommen wäre, und er nickte mit dem Kopf und meinte, das wäre ganz normal. Ich sprach schon ganz gut Französisch, und was ich nicht zu sagen wusste, deutete ich mit Händen und Füßen an.

Ich fragte den Mann, ob er nicht wüsste, wo ich für zwei oder drei Monate Arbeit finden könnte, mein Geldbeutel wäre fast leer. Ich musste jetzt unbedingt arbeiten und etwas Geld verdienen. Baguette, Äpfel und Möhren oder sonstiges Rohgemüse hatte ich auch langsam satt. Ich sehnte mich nach Kartoffeln, Fleisch und gekochtem Gemüse oder Salat. Außerdem hatte ich Sehnsucht nach einem gemütlichen Bett. Man sagt ja, der Weg à tausend Meter begänne mit dem ersten Schritt. Ich hatte schon viele tausend Schritte getan und fast keine Lust mehr. Ich wollte jetzt lieber wie ein ordentlicher Mensch mit der Bahn fahren. Außerdem brauchte ich unbedingt ein paar ordentliche Schuhe. Wie eine Landstreicherin wollte ich nicht in Paris ankommen. Inzwischen war ich aber schon eine Landstreicherin geworden. Ich wollte auch sauber gekleidet mitten in der Stadt aus dem Zug steigen. Ich hegte auch große Zweifel, ob ich auf dem jetzigen Weg mein Ziel überhaupt erreichen würde. Ich trödelte immer mehr herum und schaffte mein tägliches Pensum nicht mehr, was den Streuner freuen würde.

Was sollte ich tun, wenn der Regen einsetzte, den der Herbst unweigerlich mitbringen würde? Vielleicht mit einer gründlichen Erkältung unter einer Brücke herumsitzen, kein Geld mehr in der Tasche und nichts mehr zu essen. Langsam wurde mir angst und bange. Ich hatte bis dahin fast immer gutes Wetter, und es hatte nur dreimal geregnet. Einmal aber einen ganzen Tag und eine ganze Nacht. Da saß ich schon unter einer Brücke, hatte nichts mehr zu essen, weinte aus Verzweiflung. Meinen Regenschirm hatte ich auch verbaselt. Paradies hin oder her, die Vernunft siegte.

Ich war schon mindestens vier Monate unterwegs, und es wurde höchste Zeit, dass wieder Ordnung in mein Leben und meine Seele einkehrte. Ich konnte es selbst nicht fassen, dass ich mich schon so lange herumgetrieben hatte. Aber ich war frei wie ein Vogel, und das war ein ungemein gutes Gefühl. Aber jetzt musste damit Schluss sein.

Einen Nachmittag und eine ganze Nacht hatte ich in diesem Paradies geschlafen, und meine Sachen waren schon längst trocken. Vielleicht hätte der gute Mann mich gar nicht gefunden, hätte nicht meine Wäsche auf dem Strauch gehangen. Es war inzwischen Julei geworden, und ich fand die Welt immer noch schön.

Der gute Mann wusste, wo ich Arbeit finden konnte. Auf einem Bauernhof, meinte er. Dort würde jetzt jede Hand gebraucht. Na gut, sagte ich mir, nirgendwo sonst gibt es so gutes Essen wie auf einem Bauernhof. Ich wollte die Ärmel hochkrempeln und mich bei der Arbeit austoben. Es würde ja nicht für immer sein, und ein bisschen Lohn würde ich sicher auch bekommen. Wenn nicht, dann hätte ich wenigstens wieder einmal gutes Essen und ein schönes Bett gehabt.

Dominic, so hieß der gute Mann, wollte noch ein bisschen angeln, und ich packte inzwischen meine Sachen zusammen. Der Streuner schnüffelte immerzu an meiner Tasche herum. Sicherlich roch sie immer noch nach der famosen Dauerwurst. Dominic gab dem Streuner den ersten Fisch. Der Hund war ja nicht verwöhnt und mit Fischen kannte er sich aus. Die Gräten fraß er nicht. Ich hatte bislang noch nie einen Hund Fische fressen sehen. Ich suchte mir noch ein bisschen Kresse und beobachtete dabei Dominic. Er schüttelte den Kopf, als ich ihm ein Stück Baguette, gefüllt mit Kresse, die Stängelchen hingen rundherum wie kleine Spinnenbeinchen heraus, anbot. Das war das letzte Stück Brot, und ich teilte es mit dem Streuner, der es Schwanz wedelnd annahm und dann genüsslich vor sich hinschmatzte. Ich erzählte Dominic, dass mir der Hund zugelaufen und er schon eine geraume Zeit mit mir gewandert sei. Brot mit Kresse hatte er aber bestimmt noch nie probiert.

Dominic zählte etwa fünfundfünfzig Jahre, sah aber sehr viel jünger aus. Seine schwarzen Haare standen ihm wie eine gestutzte Bürste um den Kopf, auf dem die typische Baskenmütze thronte. Er kaute mehr an seiner Zigarette, als dass er sie rauchte. Gerne hätte ich ihm eine Zigarette abgeschwatzt, aber ich genierte mich. Ab und zu hatte ich schon einmal geraucht, aber nie so richtig. Außerdem hatte ich auch gar kein Geld für Zigaretten. Was hätten denn auch die Leute gesagt: „Ach sieh mal an, keinen vernünftigen Schuh an den Füßen, aber rauchen", oder so ähnlich. Später in Paris rauchte ich dann, da fand niemand etwas dabei.

Dominic hatte tatsächlich ein paar Fischlein gefangen, die in dem kleinen Eimerchen zappelten. Er packte sein Angelzeug zusammen, und ich holte meine Tasche und hängte meinen Mantel über den Arm. So machten wir drei uns auf den Weg zu dem besagten Bauernhof.

Ich wollte nicht hinten auf dem Gepäckträger seines Fahrrades sitzen und vorne auf der Stange schon gar nicht. Der Streuner lief mal vor, mal hinter uns, aber am liebsten neben mir. Ich wollte den Hund nicht mehr verlieren. Sollten diese Leute, wo ich arbeiten wollte, keinen Hund mögen, würde ich sofort mit ihm weiterziehen, dachte ich.

Dann waren wir auf dem Hof angelangt, der malerisch und einsam in einer Senke lag. Das ist gut, sagte ich mir, keine neugierigen Nachbarn. Die Bäuerin hängte gerade Wäsche auf die Leine. Ich merkte bald, dass es sich bei der Frau um Dominics Tochter handelte. Sie betrachtete mich skeptisch, als Dominic von mir erzählte. Dann fragte sie mich, ob ich schon einmal auf einem Hof gearbeitet hätte, was ich bejahte. Sie besah sich meine Hände, die nicht mehr nach Schwerstarbeit aussahen. Dann holte sie einen Eimer und einen Melkschemel, und ich musste zeigen, dass ich melken konnte. Ich zeigte meine ganze Melkkunst.

Ich wunderte mich, dass die Kühe, es waren fünf an der Zahl, bei dem schöne Wetter noch im Stall standen. Ich erfuhr, dass die Bäuerin große Wäsche hatte und noch keine Zeit gefunden hatte, die Kühe auf die Weide zu treiben. Ich fragte sie, wo denn die Tiere weiden durften, und sie zeigte mir, wo die Weide lag. Ich schob meine Tasche, die noch auf dem Hof stand, in den Flur und hängte meinen Mantel über die Türklinke. Ich fragte vorsichtig, ob der Streuner bei mir bleiben dürfe, und die Bäuerin hatte nichts dagegen. Dann holte ich den Stock, der neben der Stalltür stand, und trieb die Kühe auf den Hof. Dominic ging mit mir und zeigte mir die Weide.

Nach zwanzig Minuten war ich wieder da, holte meine alten Schuhe aus dem Beutel, den ich mir noch genäht hatte, und zog sie an. Ich fing an, den Stall auszumisten.

„Non, non, non!“, rief mir die Bäuerin zu und ging mit mir ins Haus. Ich wechselte wieder meine Schuhe und nahm meine Tasche. Ich sah sofort, dass sie an meiner Tasche gewesen sein musste. Mein Portemonnaie aber hatte ich in meiner Kleidertasche. Sie zeigte mir eine Stube, die mit zweckmäßigen, aber alten Möbeln ausgestattet war. Nur das Nötigste, aber gemütlich. Der Hund und ich durften bleiben, und der Streuner durfte des Nachts in meiner Stube schlafen und schnarchen.

Dominic hätte ihr alles erzählt, sagte die Bäuerin und schüttelte nur den Kopf. Ich legte meinen Kopf schief und zuckte nur mit den Schultern. Von diesem Tag an musste ich jeden Morgen die fünf Kühe melken und dann auf die Weide treiben. Abends brachten der Bauer und die Knechte die Tiere wieder mit nach Hause, und ich brauchte mich weder um den Kuh- noch um den Schweinestall zu kümmern. Ausmisten war Männersache. Nur das Schweinefutter musste ich noch zubereiten.

Die Bäuerin kramte in einer Kiste, die unter einer Sitzbank stand, sah mich prüfend an und gab mir dann ein paar Sachen.

Die sollte ich waschen und dann anziehen. Diese Kleider und Schürzen wären besser für die Schmutzarbeit, meinte sie. Ich ging sogleich in die Waschküche, um die Sachen zu waschen. Sie rochen ein bisschen muffig. Ich war dafür wirklich dankbar, so konnte ich meine Sachen noch ein bisschen schonen.

Ich fragte vorsichtshalber, ob sie wisse, wie lange ich bleiben und wohin ich wollte. Sie meinte nur, das wäre schon in Ordnung. Dann führte sie mich durch das ganze Haus, zeigte mir alle Räume, die ich sauber zu halten hatte, und die Speisekammer. Dort lag, stand und hing alles, wovon ich schon seit langem nicht mehr zu träumen gewagt hatte. Ich solle ruhig zugreifen. Am liebsten hätte ich mir ein Stück Schinken abgeschnitten, seit Wochen hatte ich so etwas Gutes nicht mehr gesehen, geschweige denn gegessen. Und wie das duftete. Ich nahm mir aber nur einen der rotbackigen Äpfel. Einen Bissen für mich und einen für den Streuner. Ich dürfe mir nehmen, was ich wolle, und bräuchte nicht zu fragen. Ich fragte aber trotzdem immer. Ich war es nicht anders gewöhnt.

Dominic war schon nach Hause gefahren, und der Streuner ließ mich nicht mehr aus den Augen.

Hamstertour

R.

Gleich, als ich die gut gefüllte Vorratskammer sah, musste ich an die Hungerjahre nach dem Krieg denken, als wir über die Dörfer zogen und die Bauern um etwas Essbares baten. Mein Vater hatte in einem kleinen Gärtchen Tabak angepflanzt, den wir nach der Ernte trockneten, mit Zuckerwasser beizten und dann in feine Fäden schnitten. Die Blasen an meinen Händen waren nicht mehr zu zählen. Aus allen möglichen Stoffen und Decken, die wir erübrigen konnten, nähten wir Pantoffeln, verzierten und bestickten sie und nahmen sie mit auf unsere Hamstertour. Dafür bekamen wir etwas Speck, Kartoffeln, ein kleines Säckchen Mehl, ein paar Eier und etwas Butter, wenn wir Glück hatten. So hatten wir doch das Gefühl, nicht zu betteln, sondern etwas zu tauschen zu haben.

Einer der Bauern wollte Mays Mantel haben, für seine Frau, sagte er, aber May wollte ihn nicht hergeben. Ich sollte meinen Mantel ausziehen, aber den wollte der Bauer nicht und sagte zu May:

„Du sollst dich ja nicht ganz und gar ausziehen, nur den Mantel." May schimpfte auf ihn ein, drehte sich um und ging einfach weg. Ich musste so lachen und gab dem Bauern ein Tütchen von dem Tabak, und er steckte mir ein Säckchen Kartoffeln und ein Stückchen Speck nebst ein paar Eiern in meinen Rucksack.

„Ist das deine Mutter?", wollte er wissen, und ich verneinte und schüttelte den Kopf. Ich konnte gar nicht aufhören zu lachen.

„Meine Stiefmutter", sagte ich.

„Sie ist keine gute Frau", meinte er und schüttelte ebenfalls den Kopf. Das wusste ich aber schon. Ja, so war das.

*

Mein Tag begann um fünf Uhr morgens und endete um acht Uhr abends. Den Bauern, der nichts gegen mich einzuwenden hatte, und seine beiden Knechte bekam ich nur frühmorgens zum Frühstück und abends zum Abendbrot zu sehen. Sie waren fast den ganzen Tag auf den Feldern. Manchmal wanderte ich sonntags, wenn ich den Nachmittag frei hatte, mit dem Streuner an den See, um in meinem Paradies meine Lage zu überdenken.

Als der erste Monat vorüber war, bekam ich meinen ersten Lohn. Ich bekam mehr, als ich zu hoffen gewagt hatte. Es gab für mich kaum eine Gelegenheit, etwas auszugeben. Nur bei dem fahrenden Händler kaufte ich ein paar Kleinigkeiten. Ich sparte für Schuhe und Fahrkarte. Einer der Knechte lud mich zum Tanz in den Dorfkrug ein. Der Dorfkrug lag etwa fünf Kilometer im nächsten Ort, aber ich wollte nicht. Es hätte mich bestimmt nichts gekostet, woher aber sollte ich wissen, was er vielleicht nachher gewollt hätte? Ich zeigte ihm entschuldigend meine Schuhe, die zwar sauber geputzt waren, aber schiefe Absätze hatten. Außerdem hatte ich doch immer noch ein bisschen Angst und wollte nicht unter die Leute gehen. Nicht dass ich mit einem Knecht keine Freundschaft haben wollte, er war wirklich ein netter Mensch und sah sogar gut aus, wenn er frisch geschrubbt aus dem Bad kam. Ich war damals noch weniger als ein Knecht. Ich wollte mich einfach von niemandem ausfragen lassen.

R.

Bevor ich meine Heimatstadt verlassen hatte, hätte ich gerne noch mit meinem Freund gesprochen. Er hieß Franz, aber es ging alles so schnell, und es tat mit Leid, dass ich ihn nicht mehr benachrichtigen konnte. Ich hätte mir gewünscht, ihm alles zu erzählen und zu erklären, damit er mein Handeln hätte verstehen können. Er war ein so behutsamer Mensch, so lieb und zuvorkommend, fleißig wie kaum ein anderer. Er half meinem Vater, als er anfing, auf dem Heidstock sein Haus zu bauen. Franz ging immer wieder mit auf die Baustelle und half die überflüssigen Bäume zu roden, bis mein Vater ihm sagte, dass ich sicher nicht mehr nach Hause käme. Mir tat es in der Seele weh, dass ich den besten Freund einfach so verlassen hatte, ohne ein Wort, ohne Erklärung. Ich dachte auf meiner Wanderschaft oft an ihn. Außerdem hatte May mir erklärt, dass für mich sowieso keine Wohnung mitgebaut würde.

Der Hof des nächsten Nachbarn lag etwa drei Kilometer entfernt. Von dort kam ab und an ein junger Mann zu Besuch. Zuerst dachte ich, dass er vielleicht zur Verwandtschaft gehören könnte. Dann hörte ich aber von der Bäuerin, dass seine Mutter erst kürzlich gestorben sei. Dominic hatte das eingefädelt. Er wollte mich mit dem jungen Mann verkuppeln. Ich gäbe eine gute Bäuerin ab, hatte er gesagt.

Mir gefiel der junge Mann nicht. Er war eingebildet und hochnäsig. Ich verglich damals alle Männer mit Franz und ich wusste, dass dieser hier kein Mann für mich sein konnte. Ich wusste aber auch, dass ich nie wieder einen Mann wie Franz finden würde. Dieser junge Mann sah sehr gut aus. Er hatte schwarze Haare, blaue Augen und eine kräftige Figur. Seine Kleidung und seine Manieren waren ausgezeichnet. Sicher wollte er mir auch nur zeigen, dass er kein Dorftrottel war. Ich mochte ihn trotzdem nicht.

Die Arbeit auf dem Hof war schwer und hart, aber es hatte mir trotzdem Spaß gemacht. Aber ein Leben lang auf dem Lande, das wollte ich nun doch nicht. Andererseits gefielen mir die Höfe, die so weit auseinander lagen. Oma Cäcilie hatte mir einmal gesagt, jedem Menschen sei sein Weg vorgezeichnet, und für mich kämen auch einmal bessere Zeiten. Ich konnte aber nicht verstehen, warum mein Weg so kurvenreich sein musste. Oder war das gar nicht mein Weg? Einen Landwirt zu heiraten, den ich nicht einmal leiden konnte, von Liebe gar nicht zu reden, konnte doch unmöglich mein Weg sein. Wenn aber doch, dann hatte ich meinen Weg gründlich verfehlt.

Der Sommer war warm gewesen, und es war inzwischen September geworden. Ich war nun schon drei Monate auf dem Hof, und niemand erinnerte mich daran, dass eigentlich meine Zeit vorbei war. Ich gehörte einfach dazu. Ich half noch bei der Obsternte und dem Einkochen und erlebte noch die Schlachtungen. Ich hatte auch noch dem arroganten Nachbarn bei der Ernte geholfen, und er wunderte sich, wie ich bei der Arbeit zupacken konnte. So ganz nebenbei hatte ich auch noch seinen Haushalt in Ordnung gebracht. Die Küche war das Schlimmste, und ich putzte und schrubbte alles auf Hochglanz, obwohl ich wusste, dass das bei einem Männerhaushalt vollkommen umsonst war. Jeder half jedem, und das fand ich sehr schön. Nur die Werbungen des jungen Mannes beachtete ich so lange nicht, bis er aufgab. Er bezahlte mich gut für meine Arbeit, und der alte Herr, der sein Vater war, legte noch etwas drauf. Ich freute mich sehr, denn ich konnte ja jeden Franc gut gebrauchen.

Ich bereute nur, dass ich mich nicht schon vor den Schlachtungen verabschiedet hatte. Jeden Tag hatte ich die Schweine gefuttert, sie gestreichelt und mit ihnen gesprochen, und jetzt wurden sie verwurstet. Ich konnte nicht hinsehen, wo die Tiere jetzt aufgeschlitzt an den Leitern hingen. Nur für den Streuner waren damit Festtage angebrochen. Ich aber konnte den ganzen Tag nichts essen. Ich hatte immer noch das Quieken der verängstigten Tiere in den Ohren, als sie aus dem Stall geholt wurden. Die Knechte lachten mich aus und banden mir vor Übermut Schweineschwänzchen an die Schürzenbänder. Was das auch immer heißen sollte, ein Schweinchen war ich jedenfalls nicht, und die Bäuerin schimpfte die beiden Lausebengel tüchtig aus.

Eines Tages fuhr ich mit der Bäuerin in die nächstgelegene Stadt. Sie kaufte ein, und ich ging zum Bahnhof, um mich zu erkundigen, wie teuer die Reise nach Paris sein würde. Am Abend, bevor ich zu Bett ging, zählte ich mein Geld und ich entschied, noch einen halben Monat zu bleiben. Der Bäuerin war es recht.

Ich fragte sie einmal, wieso sie so schöne Hände hätte, da sie doch auch schwere Arbeit verrichten müsse? Sie verriet mir ihr

Geheimnis. Jeden Abend würde sie sich ein Schälchen Sahne nehmen und damit ihre Hände einreiben. Von nun an gab sie mir etwas davon ab, und das tat meinen Händen sehr gut. Jetzt bekam ich auch jeden Abend ein Schälchen Sahne von ihr mit auf meine Stube und ich rieb mir nicht nur die Hände, sondern auch das Gesicht und vor allem meine geschundenen Füße damit ein.

Es nahte endgültig der Tag des Abschieds. Am Vorabend meiner Abreise, es war nun schon Anfang Oktober geworden, schrieb ich noch einen langen Brief an Reni. Ich schilderte ihr ganz genau, wie es mir bis dahin ergangen war. Von dem Streuner und dem wunderbaren Paradies, in dem ich himmlisch genächtigt hatte, von Dominic und seinem Bemühen, mich mit einem gut aussehenden jungen Bauern zu verkuppeln. Reni hatte sicher die Hände über dem Kopf zusammengeschlagen.

Ich hatte nun noch die Kleider und Schürzen gewaschen und gebügelt und der Bäuerin zurückgegeben. Ich legte mich ein letztes Mal in das schöne, kuschelige Bauernbett. Das Bett mit dem dicken Plumeau und einem Kissen, auf dem der Kopf in süße Träume versinken konnte.

Eine ungewöhnliche Bitte

R.

Ich erinnerte mich genau: Ich hatte schon einmal ein so schönes Bett, allerdings ohne Matratze, sondern mit Strohsack. Mein zwölftes Lebensjahr war bald zu Ende. Zu Hause ging es wieder einmal drunter und drüber, und May hatte ihre Wutanfälle. Ich weinte laut und flüchtete in mein Zimmer. Im Korridor öffnete ich im Vorbeigehen meinem Vater die Tür, der mit zwei Kohleneimern aus dem Keller kam. Ich schlug meine Zimmertür krachend hinter mir zu, stieg auf die Fensterbank und riss die Wolldecke vom Fenster die zur Verdunkelung diente. Das Fenster war so hoch und schmal, dass ich mich hindurchzwängen musste. Ich wollte mich aus dem Fenster stürzen. Da rief unten auf der Straße jemand:

„Verdunkelung, Licht aus!"

Da kam mein Vater hereingestürzt. Als er nur noch meine Beine auf der Fensterbank sah, begriff er sofort die Situation. Er löschte das Licht und kam eilig um mein Bett herum, ergriff meine Füße und zog mich mit aller Kraft zum Fenster herein. Ich fiel mit dem Kopf auf die Bettkante und verletzte mich so sehr, dass das Blut über mein Gesicht rann. Mein Vater redete auf mich ein, aber ich hörte gar nicht mehr hin. Es interessierte mich nicht mehr, was er zu sagen hatte. Er hätte ja nicht gewusst, dass es so schlimm um mich stünde, aber um meinen blutenden Kopf kümmerte er sich nicht.

Er hängte die Decke wieder vor das Fenster, und ich wusch mir das Blut aus den Haaren. Ich legte mir ein Handtuch auf die Wunde, die Beule schwoll immer mehr an, und ich blieb so lange am Waschbecken stehen, bis mein Vater mein Zimmer verlassen hatte.

„Darüber reden wir noch", sagte er seltsam ruhig und machte die Tür leise hinter sich zu. Ich ging zur Tür und drehte den Schlüssel um, einmal, zweimal, ich wollte einfach niemanden mehr sehen. Ich legte mich ins Bett und überlegte, was ich tun könnte und schlief darüber ein.

Am nächsten Morgen ging ich ohne Frühstück, was für mich ganz normal war, anstatt zur Schule zur Fürsorge. Dort bat ich um einen Platz in einem Kinderheim, nur weit weg sollte es sein.

„Eine ungewöhnliche Bitte", sagte eine der Fürsorgerinnen. Ich saß auf einem Stuhl vor einem alten verschrammten Schreibtisch und weinte. Ein Arzt wurde gerufen, der sich viel Mühe gab, mich zu beruhigen. Ich musste erzählen, was vorgefallen und wie ich zu meiner Kopfwunde gekommen war. Dann zierte ein großes Pflaster meinen Kopf. Nach ein paar Telefonaten brachte mich eine Frau mittleren Alters, sie trug ein weißes Häubchen mit einem roten Kreuz, direkt nach Landstuhl in ein Heim, ohne dass ich meine Familie noch einmal sehen musste. Dieses Heim wurde auch von katholischen Schwestern geführt, und ich fühlte mich dort wohl und geborgen. Ich hatte keinerlei Bedenken, schließlich konnte mein Vater nicht alle Nonnen heiraten.

Bis zu meinem vierzehnten Lebensjahr durfte ich in diesem Heim bleiben. Die Schwester Oberin hatte mir schon eine Pflegestelle vorgeschlagen, wo ich auch gleich eine Lehre hätte machen können. Ich hatte mich sogar für die Lebrainseln gemeldet. Ich wollte überall hin, nur weit weg sollte es sein, nur nicht nach Hause. Niemand hatte sich um mich gekümmert die ganze Zeit. Zweieinhalb Jahre ohne jeglichen Kontakt zu meiner Familie. Keine Mutter, kein Vater, keine May und keine Oma Cäcilie. Nun ja, es war Krieg und schlechte Zeiten. Jeder hatte mit sich selbst zu tun, aber für ein kleines Kärtchen zu Weihnachten hätte es bestimmt einmal gereicht.

Plötzlich stand, wie aus heiterem Himmel, May vor der Heimpforte und wollte mich auf der Stelle mitnehmen. Das konnte die Schwester Oberin gerade noch verhindern. May musste unverrichteter Dinge wieder heimfahren. Sie konnte mit ihrem frommen Gesicht bei der Oberin keinen Eindruck machen.

In diesem Heim hatte ich alle Werte erfahren, die für mein späteres Leben wichtig waren. Nur, dass es außer May auch noch andere böse Menschen gab, sagte mir niemand.

Meine Verwandtschaft war groß, viele Tanten und Onkeln, aber mit dem schwarzen Schaf namens Hilla wollte niemand etwas zu tun haben, dafür hatte May schon gesorgt.

Meine Seele war krank, und ich vermisste die Liebe, die von Herzen kommen soll. Ich war immer der Meinung, ich sei nicht liebenswert. Ich sehnte mich nach einem warmen Nest.

Im Advent, der schönen, ruhigen Zeit vor Weihnachten, saßen wir Kinder nachmittags nach der Schule mit unserer Schwester zusammen und strickten Pulswärmer, warme Socken und Ohrenschützer für die Soldaten an der Front. Waren die Sachen fertig, wurden Päckchen gepackt, mit selbst geschnittenen Glitzersternen verziert und beklebt. Wir durften einen kurzen Brief dazu schreiben und ich schrieb:

„Lieber unbekannter Soldat.

Ich kenne Dich nicht
doch bete ich für Dich.
Du kennst mich nicht
doch kämpfst Du für mich.
Gott segne und beschütze Dich
und frohe Weihnachten."

Hilla, dreizehn Jahre alt.

Die Schwester legte in jedes Päckchen eine Fünferpackung Zigaretten, und wir legten unsere Plätzchen mit hinein. Dann klebten wir die Päckchen zu und legten sie in einen großen Karton. So wollte es die Post. Man sagte uns, das Paket ginge an die Ostfront.

Am Heiligen Abend gingen wir mit unserer Schwester, sie war eine schöne, große und schlanke Frau und hieß Evangelista, durch den frisch gefallenen Schnee zu unserer Schlafbaracke. Die Baracke war zu einem Schlafsaal hergerichtet worden, weil in einem der großen Häuser ein Lazarett eingerichtet worden war. Wir stellten Kerzen auf die äußeren Fensterbänke und gedachten so der Angehörigen und der Soldaten an der Front, an welcher Front sie auch gewesen sein mögen.

Als wir gebadet hatten und unsere Haare getrocknet waren, fanden wir unter unseren Kopfkissen kleine Überraschungen. Es waren nur Kleinigkeiten wie Tintenläppchen, Radiergummi, Bleistiftanspitzer und derlei Sachen mehr. Unsere Schwester Evangelista hatte uns diese Überraschungen beschert. Dann schliefen wir drei Stunden.

Nach dem Schlaf, es war später Nachmittag, zogen wir unsere neuen Sachen an. Jetzt wurde es schon richtig Weihnachten. Von der Unterwäsche bis zu den Schuhen war alles neu. Wir waren schon in bester Stimmung, und die Schwester hatte die Kerzen vor den Fenstern gelöscht. Wir spazierten zurück ins Heim. Schneeflocken trudelten leise und vorsichtig vom winterlichen Himmel, und ich streckte die Zunge heraus, um einige davon zu erhaschen. Das hatte uns Spaß und Freude gebracht.

Zuerst gingen wir in die kleine Kirche, die direkt auf dem Hof neben dem Pfarrhaus stand. Dort durften wir jetzt zum ersten Mal die wunderschöne Krippe bewundern. Wachsfiguren, die so groß wie wir selbst waren. Diese Figuren sahen so echt aus, dass ich darauf wartete, dass ein Engel oder vielleicht sogar der heilige Josef mir zuzwinkern würde. Aber der heilige Josef zwinkerte nicht, nicht mit dem rechten und nicht mit dem linken Auge. Nicht einmal seiner Maria zwinkerte er zu, oder hatte ich es nur nicht gesehen? Auch keines der Schäfchen rief: „Mäh mäh“, wo ich doch so darauf gewartet hatte.

Nach der Andacht gingen wir hinüber zu unserem Aufenthaltsraum. Da standen wir gespannt vor der Tür und warteten, bis das Glöckchen läutete. Dann öffnete sich die große Tür, und wir suchten erwartungsvoll unsere Plätze auf. Wie staunten wir über den riesigen Tannenbaum, der vom Fußboden bis an die Decke reichte. Er war mit Kerzen und goldfarbenen Sternen geschmückt. Das Tannengrün duftete herrlich, und die Kerzen am Baum und auf den Tischen erleuchteten den ganzen Raum. Welch ein Anblick. Wir standen alle brav hinter unseren Stühlen, schauten den Baum an und sangen Weihnachtslieder. Lieder, die alle kannten, und wie es schon immer Brauch gewesen war.

Jedes Kind hatte auf seinem Platz einen bunten Teller mit Plätzchen, Nüssen und blank polierten Äpfeln. Kleine und große Geschenke lagen darauf, und die Kinder fingen an, ihre Weihnachtspost zu lesen. Auf meinem Platz lag keine Post, nur ein Spiel, also nichts für mich persönlich, sondern etwas für die Allgemeinheit. Aber das war ich ja schon gewöhnt, ich wurde einfach vergessen, trotzdem tat es sehr weh. Ich war traurig, aber ich zeigte meinen Kummer nicht. Dann entdeckte ich auf meinem Teller ein kleines, schmales, in Buntpapier eingewickeltes Päckchen, das zur Hälfte unter den Plätzchen verborgen lag. Ich zog es heraus und schaute es eine ganze Weile nachdenklich an. Ich schielte auf die Teller der anderen Kinder, ob sie wohl auch ein solches Päckchen bekommen hätten. Nein, nur ich hatte eins. Zuerst dachte ich an Lakritze, weil ich sie so gerne mochte. Die hätte ich sofort vor lauter Seelenkummer aufgegessen.

Ich wickelte das Päckchen vorsichtig auf und fing dann doch noch an zu weinen. Ich öffnete das Kästchen und fand darin einen nagelneuen Füllfederhalter mit einer Goldfeder. Ich konnte es zuerst nicht glauben und dachte, das Christkind hätte sich vielleicht geirrt, aber ein Christkind irrt sich nie. Dann merkte ich, dass ich von unserer Schwester beobachtet wurde und ging zu ihr hin, um mich zu bedanken. Nur sie konnte mir den Füllfederhalter geschenkt haben. Wer hätte denn sonst an mich denken sollen? Sie legte beide Arme um mich und wiegte mich hin und her. Dann sagte sie:

„Damit du immer so schöne Briefe wie an den unbekannten Soldaten schreiben kannst.“

Den ersten Brief schrieb ich an Oma Cäcilie. Ich fragte nach, ob sie nicht wüsste, wo meine Mutter abgeblieben sei. Nach langer Zeit kam endlich eine Karte mit der Adresse meiner Mutter. Kein Gruß, kein liebes Wort, nur die Adresse meiner Mutter stand darauf. Das war für mich mehr wert als alle lieben Grüße. Nun gut, dachte ich, es ist ja auch egal. Jedenfalls wusste ich jetzt, wo meine Mutter sich aufhielt.

Ich ließ mir das Land und den Ort auf der großen Schulkarte zeigen und war der Meinung, dass Vorpommern doch gar nicht so weit von der Pfalz entfernt sein könnte. Welch ein jugendlicher Irrtum. Als ich dann noch erfuhr, dass ich für die Lebrainsel nicht in Frage käme, sondern nun doch nach Hause entlassen werden sollte, beschloss ich, das Heim zu verlassen und zu meiner Mutter zu gehen. In einem unbeaufsichtigten Augenblick schlüpfte ich durch die Eingangspforte. Zu Fuß, das verstand sich von selbst, denn Geld hatte ich keins, aber dafür einen besonders guten Schutzengel. Die Polizei brachte mich schon am nächsten Morgen wieder zurück ins Heim. Ich verstand nicht, was alle von mir wollten. Ich wollte doch nur zu meiner Mutter.

Es war 1945, und in der Ferne hörten wir schon Kanonendonner. Die Schwester Oberin verstand meine Lage sehr wohl und die Sehnsucht nach meiner Mutter sehr gut, und wir redeten ausführlich miteinander. Ich war fast vierzehn Jahre alt, und die Oberin schlug nicht mit der Faust auf den Tisch, wie May es immer gemacht hatte und mich dann zu Tode erschreckte. Nein, sie unterhielt sich mit mir wie mit einem erwachsenen Menschen. Nun erzählte ich der Oberin meine ganze Lebensgeschichte. Ich bekam keine Schelte oder körperliche Strafe, nein, es war bedeutend schlimmer. Damit ich in dieser angespannten Zeit, die Amerikaner standen schon fast vor der Tür und die Schwestern trugen große Verantwortung für die Kinder, nicht wieder ausreißen konnte, wurden mir meine schönen, langen Zöpfe abgeschnitten, und nicht nur das, mir wurde auch noch der Kopf kahl geschoren. Das war unbedingt zu viel, und ich weinte bitterlich. Niemand hatte mir große Vorwürfe gemacht, aber das war für mich die größte Strafe, die mir widerfahren konnte. Ich war eitel genug, nicht mit einer Glatze auf die Straße zu gehen, und das wussten die Schwestern. In der ersten Woche durfte ich nicht einmal eine Mütze aufsetzen. In der Kirche leuchtete nur ein einziger Glatzkopf, und der gehörte mir. So würde ich nicht einmal zu Fuß nach Vorpommern gehen. Ich war das Sorgenkind in der Gruppe, und manches Mal nahm mich Schwester Evangelista in den Arm, wenn ich weinte, und ich weinte oft und sagte:

„Es wird alles noch gut. Du musst nur Geduld haben."

Dann kamen eines Tages amerikanische Jeeps auf den Hof gefahren. Schwester Oberin und der Herr Pfarrer wurden eiligst gerufen. Sie redeten sehr aufgeregt mit den Soldaten, und wir beobachteten sie von unserm Tagesraumfenster aus. Nach etwa einer halben Stunde fuhren die amerikanischen Soldaten wieder weg.

Noch am gleichen Nachmittag kamen zwei amerikanische Lastwagen auf den Hof gefahren und luden Säcke und Kartons ab. Es waren Nahrungsmittel. Trockenmilch, getrocknetes Gemüse, getrocknete Kartoffeln und Konserven aller Art. Alles konnten wir ja auch nicht sehen, aber nun konnten die Schwestern in der Küche auch wieder mal etwas anderes kochen als dreimal in der Woche Rote-Bete-Suppe, obwohl diese Suppe gesund und nahrhaft gewesen war, und außerdem schmeckte sie auch noch gut. Die Schwestern in der Küche waren die reinsten Zauberinnen. Nun bekamen wir auch sonntags mal ein Stückchen Schokolade. Eine Woche später wurde das Lazarett geräumt. Die Amerikaner nahmen die verwundeten deutschen Soldaten auf Lastwagen mit.

Im Juli 1945 kam May und holte mich ab.

Wie gut hatte ich noch am Abend gegessen und wie wunderbar noch in diesem Bett geschlafen. Wie kam ich nur immer wieder auf diese Gedanken? Hatte ich denn das alles noch nicht verarbeitet? Nein, hatte ich nicht.

Ich wusste noch nicht, wo ich am nächsten Abend schlafen würde, aber eines wusste ich genau, nie wieder zurückblicken, nur noch in die Zukunft schauen. Noch eines wusste ich, ich würde sauber angezogen, mit guten Schuhen an den Füßen in Paris aus dem Zug steigen. Ich hatte mir auch keine Illusionen gemacht, aber unter einer Brücke würde ich nie wieder schlafen. Trotzdem weinte ich. Hätte ich vielleicht doch auf die Werbungen des jungen Bauern eingehen sollen? Dann schlief ich ein letztes Mal in diesem fantastischen Bett.

Wie jeden Morgen klopfte die Bäuerin an meine Tür. Es war Zeit. Nach dem Frühstück stand sie überraschend mit einem dunkelbraunen Mantel vor mir und meinte, ich könne doch unmöglich mit meinem dünnen Sommermäntelchen fahren, der Winter stünde schon fast vor der Tür. Was ich schon hätte, bräuchte ich vorerst nicht zu kaufen, und damit hatte sie Recht. Der Mantel war nicht gerade das neueste Modell, aber er war schön warm. Dann bekam ich noch den Rest meines Lohnes. Diese Leute waren wirklich sehr großzügig. Die Knechte fragten mich, wer denn jetzt die Kühe melken soll? Ich sagte:

„Jeder von euch nimmt zwei, und die dritte Kuh müsst ihr euch teilen.“ Das Gelächter war groß, und außerdem konnte auch nur mir so etwas einfallen.

Der Bauer fuhr mich mit seinem Auto in die nächste Stadt zum Bahnhof. Er hatte für die damalige Zeit die modernsten Maschinen auf dem Hof, aber sein Auto spottete jeder Beschreibung und erst die krächzende, heisere Hupe. Wenn er die betätigte, stockte den Kühen die Milch, und der stolze Hahn flüchtete zu seinen Hennen.

Der Streuner durfte auf dem Hof bleiben. Wahrscheinlich war er auch des Herumstreunens müde. Ich verabschiedete mich lange von ihm, und mir war so, als hätte er alles verstanden. Mir tat das Herz weh, aber ich wusste, dass der Hund auf dem Hof gut aufgehoben und versorgt war.

Als wir über den Holperweg zur Straße fuhren, hopste ich manches Mal von meinem Sitz hoch, und der Bauer lachte. Ich übertrieb natürlich ein bisschen. Am Bahnhof angekommen kaufte ich mir die alles entscheidende Fahrkarte. Da war mein Geld schon um Etliches geschrumpft, und mir war doch ein bisschen mulmig zumute. Wieder nicht zu wissen, was mich erwartet, das war schon ein komisches Gefühl.

Ich hatte noch über eine Stunde Zeit und ging mit dem Bauern einkaufen. Ich sah an diesem Tage zum ersten Mal, dass sich schon graue Fäden durch das dichte, dunkle Haar des Patrons zogen. Seine Frau hatte bald Geburtstag, und er suchte ein Geschenk. Ich meinte, eine schöne Halskette oder einen hübschen Ring, nur echt müsse der Schmuck schon sein. Nein, er wollte etwas Praktisches schenken, aber ich konnte ihn doch zu einem schönen Ring überreden. Dann gingen wir zum Bahnhof, und der Zug fuhr bald ein. Zehn Minuten Aufenthalt, und ich verabschiedete mich, sagte noch, wie schön es auf dem Hof gewesen sei, und er meinte, ich könne ja wieder zurückkommen.

Ich stieg in den Zug, hatte gerade das Gepäck verstaut, als jemand an das Abteilfenster klopfte. Da war er wieder, der Patron. Ich kurbelte das Fenster herunter, und er meinte, ich solle mir das alles noch einmal überlegen, aber ich schüttelte nur den Kopf. Er reichte mir eine Tüte mit frischen Croissants durch das Fenster, ich sollte doch nicht verhungern. Die Bäuerin hatte mich so gut mit Reiseproviant versorgt, dass an Hunger vorerst nicht zu denken war. So gut, wie ich behandelt und entlohnt worden war, es war Balsam für meine Seele und mein Gemüt. Ich musste meine Arbeit wohl gut gemacht haben. Vielleicht war es doch ein Fehler, wegzugehen, vielleicht hätte ich doch bleiben sollen, dachte ich noch, und da setzte sich der

Zug in Bewegung, zu spät. Ein letztes Winken, und der Zug schnaubte langsam aus dem Bahnhof meinem Ziel entgegen. Wäre ich nicht gegangen, wäre mir viel erspart geblieben.

Dass ich zweimal umsteigen musste, machte mir nichts aus. Der letzte Zug aber brachte mich geradewegs nach Paris. Ich wusste ja nicht, was mich dort erwarten würde, und es mischte sich Freude mit Ungewissheit. Endlich geschafft. Bis dahin hatte ich das Glück geradezu gepachtet. Warum sollte es mich gerade jetzt verlassen, wo ich es doch am nötigsten brauchte? In dieser großen Stadt würde mich bestimmt niemand finden, schon gar nicht May. Außerdem würde mich hier auch niemand vermuten. Am besten ist es wohl, ich vergesse Heimat und Familie, dachte ich, und an May und meinen Vater wollte ich mich nie mehr erinnern.

*

Ich kam am frühen Abend im GARE DE L'EST an, stieg mit klopfendem Herzen aus dem Zug. Nun stand ich da, zwischen all den Reisenden, die von irgendwo hergekommen waren, und ich hatte trotzdem ein gutes Gefühl. Endlich war ich angekommen. Das war ein Geschiebe und Gedränge, doch ich war am Ziel meiner Träume. Also, wohin jetzt? Es wurde langsam dunkel. Mittlerweile hatte ich nicht nur eine Tasche, sondern auch einen Koffer, den ich von der Bäuerin bekommen und mit brauner Schuhcreme auf Hochglanz gewienert hatte. Die Schlösser waren in Ordnung, was brauchte ich mehr? So froh wie ich auch über die Sachen war, die ich mir im Lauf der Zeit preisgünstig gekauft oder genäht hatte, jetzt aber war mir der Koffer im Weg. Dann fiel mir noch ein, dass ich meine alten Schuhe im Kuhstall vergessen hatte. Ich wollte sie wegwerfen, und nun standen sie auf dem Pfosten an der Tür.

Ich ging langsam durch die Straßen, und niemand achtete auf mich. Ich fiel unter all den dahineilenden Menschen überhaupt nicht auf. Nur dass all die Menschen wussten, wo sie hingehörten, ich wusste es nicht. Das war ganz anders als zu

Hause, wo jeder jeden kannte. Ich sah mir im Vorbeigehen die schon erleuchteten Schaufenster an und ich fühlte mich wie kurz vor Weihnachten. Mir war sowieso schleierhaft, wo ich das nächste Weihnachtsfest feiern würde. Immer hatte ich das Gefühl, als schauten alle Leute mir hinterher, aber niemand würdigte mich auch nur eines Blickes. Ein Mädchen mit Tasche, Beutel und Koffer, war wohl doch sehr alltäglich.

Ich hatte eine Idee. Ich ging zur nächsten Metrostation, kaufte mir einen Fahrschein und spazierte einen langen Gang hinunter. An den Decken hingen Hinweisschilder, die dem Fahrgast zeigten, wo und auf welchem Bahnsteig welcher Zug in welche Richtung fuhr. Ich stieg in den ersten Zug, der gerade einlief, und nach vier Stationen, die mir wie eine Ewigkeit vorkamen, stieg ich wieder aus. Hier sollte es sein, und hier wollte ich bleiben. Ich schaute mich um und ging mit den anderen Fahrgästen dem Ausgang zu. Nun stand ich wieder auf der Straße. Rechts und links der Straße standen große, graue Häuser, in denen schon fast in allen Fenstern Licht brannte.

Ich ging in ein Bistro, setzte mich in die hinterste Ecke und bestellte mir einen Filterkaffee. Gerne hätte ich eines meiner Brote gegessen, aber ich genierte mich und verdrängte den Hunger. Vor der Theke standen ein paar Barhocker, und an einem kleinen Marmortischchen saßen zwei junge Leute zur Straßenseite. Ich überlegte, für drei Wochen in einem preiswerten Hotel würde mein Geld sicher reichen, wenn ich mich wieder von Brot und Obst ernähren würde. Was würde aber sein, wenn mein Geld zu Ende ginge und ich immer noch keine Arbeit hätte? Ich durfte gar nicht daran denken. Sollte ich dann wieder unter einer Brücke schlafen? Irgendjemand würde mich sehen, vielleicht sogar die Polizei. Dann wären meine ganze Mühe umsonst gewesen und all die Strapazen. Ich hatte große Angst vor der Polizei, als wüssten alle Polizisten der Welt, dass ich von Zuhause weggelaufen war. Das war schon eine richtige Phobie. Ich fragte den Bistrobesitzer, und er nannte mir eine kleine Pension gleich in der Nähe. Ich sollte nur sagen, er hätte mich geschickt. Ich wusste nicht recht, ob ich hingehen sollte, aber ich probierte es.

Ich bezahlte meinen Kaffee und dann suchte ich diese Pension auf, die sich wirklich nicht weit von dem Bistro befand. Ich drückte die Tür auf und dann stand ich in einem, nicht gerade gepflegten, schwach beleuchteten Raum, in dem ein Tischchen und zwei Stühle standen. Auf einer Art Theke glänzte eine Klingel, und ich drückte darauf. Mit schlurfenden Schritten und einen Pantoffel verlierend kam ein mittelgroßer Herr daher. Rasierschaum bedeckte sein Gesicht, und er schaute mich mit seinen stahlblauen Augen forschend an. Ich gab zu verstehen, dass ein Monsieur Steff Duboi mich geschickt hätte und dass ich für ein oder zwei Wochen ein Zimmer mieten möchte. Ich sagte ihm auch gleich, dass mein Portemonnaie sehr dünn sei.

Der Herr hatte es wohl sehr eilig und sprach sicher deshalb so schnell, dass sich der Rasierschaum am Kinn ansammelte. Ich verstand leider nicht alles, obwohl ich in Französisch gute Fortschritte gemacht hatte. Der Herr, so glaubte ich, wollte nie mehr aufhören zu reden, und ich nahm meinen Koffer und die Tasche und machte Anstalten, wieder zu gehen. Ich war müde, aber der Herr hielt mich am Arm fest, nahm meinen Koffer und fragte, was denn los sei. Ich sagte, ich wolle lediglich ein Zimmer mieten, ich hätte aber nicht gewusst, dass er ein Prediger sei.

„Oh mon Dieu, ich nix wissen, du nix verstehen. Du deutsche Mademoiselle?“ Ich nickte mit dem Kopf, und sein Rasierschaum schwappte von seinem Kinn auf das Handtuch, das er in seinen Hemdkragen gesteckt hatte. Er sagte:

„Du bald französisch Fräulein, une belle Mademoiselle.“ Er nahm nun endlich das Handtuch und wischte sich den Schaum aus dem Gesicht, setzte seine goldumrandete Brille auf, und ein Schaumflöckchen wabbelte immer noch an seinem linken Ohrläppchen. Er zeigte mir ein Zimmer. Wir gingen eine Etage hinauf, und das Zimmer lag zur Straßenseite. Die Fenster waren vom Straßenstaub und Regen leicht getrübt, und die Gardine leuchtete gelblich. Was ist denn das für eine Pension, fragte ich mich. Der Herr beäugte mich wie ein Luchs, bevor er über seine Beute herfällt. Mich beschlich ein komisches Gefühl, aber ich brauchte für die Nacht eine Bleibe. Ich wollte auf der Hut sein. Ich sollte aber bald erfahren, welch ein netter Mensch er eigentlich war.

Das Zimmer war nicht groß. Ich öffnete zuerst das Fenster, und jetzt musste ich erst lachen über die belle Mademoiselle. Er sagte, dass er niemand für die Reinigung der Zimmer hätte, ich müsste das schon selbst tun, und er nähme dafür auch nur wenig Geld. Ich wäre die einzige Mieterin, und er nannte mir auch gleich den Preis. Es war wirklich minimal, was ich zu zahlen hatte. Eigentlich war es auch gar kein Wunder, dass er keine Pensionsgäste hatte, so, wie das Zimmer aussah. Ich aber war zufrieden, ich hatte schon Schlimmeres gesehen, und der Preis war angemessen. Immer noch besser als unter den Brücken.

Ich packte an diesem Abend nur mein Nachthemd und die Hygieneutensilien aus. Es klopfte an der Tür, und da stand der gute Mann, wie versprochen, mit Bettwäsche und Handtüchern beladen. In der anderen Hand hielt er eine elektrische Kochplatte. Es wäre niemand da, um die Gäste zu versorgen, also kein Essen, Kaffee oder so. Er fragte jetzt immer:

„Du verstehen?"

Und ob ich das verstanden hatte. Ich sollte das Zimmer selbst reinigen, dafür bekäme ich Rabatt. Verpflegen müsse ich mich auch selbst, was meinem schwächelnden Geldbeutel sehr zugute kam.

Bevor ich zu Bett ging, zählte ich mein Geld. Geldzählen wurde bei mir schon zur Manie. Ich war ja ein genügsamer Mensch und an allerhand gewöhnt. Wenn ich das Zimmer vierzehn Tage behalten würde, ich glaubte nicht daran, in einer Woche Arbeit zu finden, dann bliebe noch etwas übrig für Nahrung, vielleicht auch noch ein paar Schuhe. Vielleicht käme auch noch ein Kinobesuch dabei heraus. Den Gedanken, ins Kino zu gehen, verwarf ich bald wieder. Dafür kaufte ich mir Schokolade, die ich so gerne aß. Eine Tafel Schokolade konnte mir gut und gerne eine Mahlzeit ersetzen. Sehenswürdigkeiten konnte ich auch noch keine besuchen, ich musste mein Geld zusammenhalten.

Ich bezog das Bett, setzte mich auf den einzigen Stuhl, der neben einem kleinen Tisch stand, da klopfte es schon wieder. Monsieur Bernard, so stellte er sich jetzt endlich vor, brachte eine Tasse, Besteck, einen Teller und eine Kasserolle. Dann zeigte er mir die Toilette und das Bad und sagte, dass ich baden könne, so oft ich wolle. Dann legte er den Hausschlüssel auf den Tisch. Ich solle immer gut abschließen, wenn ich abends noch ausgehen würde. Ich hob drei Finger, legte sie auf meine Brust, linke Seite, und versprach es. Ich ging aber abends nicht aus.

Ich war froh, ein Dach über dem Kopf zu haben. Für die nächsten vierzehn Tage war ich versorgt und ich konnte mich in aller Ruhe um Arbeit bemühen. Ich zog mich aus, um mich zu waschen und setzte mich im Nachthemd ins Bett. Ich aß noch etwas von den Broten, streckte meine müden Beine aus und schlief sitzend ein.

Am nächsten Morgen kaufte ich frisches Obst, ein paar Suppen und ein Baguette, dann setzte ich mich hin und schrieb einen langen Brief an Reni, schilderte die vergangenen Monate und wie es mir bis Paris ergangen war. Anschließend suchte ich alles zusammen, was ich zur gründlichen Reinigung des Zimmers benötigte. Ich dachte über meine jetzige Lage nach und fragte mich, ob Monsieur Bernard wohl bei dem niedrigen Zimmerpreis bleiben würde. Oder ließ ich mich schon wieder ausnutzen? Eigentlich machte er doch einen guten Eindruck, und dass er es ehrlich meinte, sollte ich bald erfahren.

Also machte ich mich an die Arbeit. Ich rückte die Möbel so lange hin und her, bis ich es für gut befand. Nun war auch mehr Platz im Raum, und das Bett stand auch nicht mehr direkt unter dem Fenster, sondern Stuhl und Tischchen. Danach schrubbte ich das Bad, die Toilette und die Treppe, was Monsieur Bernard sofort auffiel, als er von der Arbeit nach Hause kam. Na ja, Bohnerwachs riecht man ja auch bis vor die Haustür. Er meinte, ich könnte die anderen drei Zimmer auch noch in Ordnung bringen. Ich schaute ihn fragend an, und er machte mir einen Vorschlag: Wenn ich das täte, wäre er mir sehr dankbar, und ich brauchte für eine Woche keine Miete zu zahlen. Ich war natürlich einverstanden, und mein Herz hüpfte vor Freude. In zwei Tagen war ich mit der Arbeit fertig. Im Augenblick war mir das eingesparte Geld mehr wert als mein ganzer Stolz. Unter normalen Umständen hätte ich das nicht getan. Aber was war bei mir schon normal?

Jetzt hatte ich drei Wochen Zeit. Ich erzählte Monsieur Bernard bei einer Tasse Kaffee, zu der er mich eingeladen hatte, dass ich Arbeit suche, Geld verdienen müsse, aber keine Papiere hätte. Monsieur kannte sich mit solchen Dingen aus. Er zeichnete mir auf einem Stück Papier auf, wie und wohin ich fahren musste. Zuerst ein Stück mit dem Stadtbus, von dieser Haltestelle zu jener, dann noch mit der Metro vier Stationen, welche Richtung, weiß ich nicht mehr. Dann noch zu Fuß um drei Ecken nach links, dann in ein Haus mit großem Torbogen. Auf dem Hinterhof, gleich Parterre, befände sich ein unscheinbares Büro. Dann sagte er noch hinter vorgehaltener Hand, obwohl außer uns niemand im Haus war, der hätte zuhören können:

„Dieses Büro vermittelt Arbeit für Ausländer, die keine Papiere haben."

Als ich am nächsten Tag nach einem bescheidenen Frühstück, Kaffee, Baguette, Schokolade und Apfel, welche Verschwendung, zu der angegebenen Adresse fuhr, war ich natürlich besonders vorsichtig. Ich konnte ja nie wissen, und diese Gegend erweckte nicht gerade mein Vertrauen. Dieses Büro entpuppte sich als ein Einmannbüro, und ja, da ließe sich sicher etwas machen, wenn ich keine zu großen Ansprüche stellen würde. Ich solle in fünf oder sechs Tagen wieder anfragen und mir Bescheid holen. Nein, Gebühren koste es keine. Später aber erfuhr ich, dass die Arbeitgeber sehr wohl Gebühren bezahlen mussten.

Auf dem Rückweg kaufte ich mir eine Stadtkarte und studierte sie am Abend auf meinem Zimmer. Ich überlegte mir, was ich in der Zeit in dieser schönen, aber grauen Stadt anfangen könnte. Es durfte nicht viel kosten, obwohl ich jetzt ein bisschen mehr Geld zur Verfügung hatte als vor meiner Ankunft. Ich hatte nämlich hinter einem der Kleiderschränke ein paar Geldscheine gefunden. Sie waren zusammengerollt und wurden mit einem dünnen Gummi gehalten. Als ich Monsieur fragte, wie lange schon niemand mehr in den Zimmern gewohnt hätte, sagte er nur:

„Etwa ein Jahr, vielleicht auch schon etwas länger." Ich war mir ganz sicher, dass da niemand mehr kommen würde, um nach dem Geld zu fragen und dass Monsieur bestimmt das Geld nicht dort deponiert hatte. Dafür war diese Geldrolle viel zu verstaubt. Mein schlechtes Gewissen aber ließ mir keine Ruhe. Vielleicht hatte er ja doch, und ein kleiner Finderlohn wäre mir dann sicher.

Ich wartete bis zum Abend, bis Monsieur von der Arbeit kam. Ich fragte ihn, ob er etwas vermisse. Ich zeigte ihm die Geldrolle und sagte, dass ich sie in dem zweiten Zimmer gefunden hätte. Sie wäre hinter den Schrank gefallen, als ich ihn weggerückt hätte. Er sagte nein, es gehöre ihm nicht, ich könne es behalten. Ich bedankte mich bei meinem Schicksal. Es war keine große Summe, aber drei zusätzliche Wochen konnte ich gut davon leben und endlich konnte ich auch einmal ins Kino gehen.

Ich konnte also getrost etwas unternehmen. Zuerst fuhr ich zum TOUR EIFFEL und am nächsten Tag promenierte ich die Prachtstraße CHAMPS ELYSEES hinauf und auf der anderen Seite wieder hinunter. Und dazu brauchte ich die neuen Schuhe. Sie waren schwarz, wunderschön, aber furchtbar eng. Ich wollte diese schicken Schuhe unbedingt haben und sorgte damit für die schönsten Blasen an meinen Füßen. Aber was machte das schon. Es waren nicht die ersten und auch bestimmt nicht die letzten Blasen, die ich mir aus Eitelkeit lief. Es war mir immer eine große Freude, die Schaufenster und die Cafès zu sehen, wo die Leute an kleinen Tischen auf den Bürgersteigen saßen.

Ich wollte natürlich auch noch die BASILIQUE DU SACRE COEUR und den LOUVRE sehen, und die KATHEDRALE NOTRE DAME nicht zu vergessen. Museen und Kirchen gab es reichlich, dabei waren schon die Bahnhöfe Sehenswürdigkeiten an sich. Um alles zu sehen und nicht nur vorbeizufahren, würde es Wochen dauern, und so war es dann auch.

Die Metro faszinierte mich am meisten. Nicht, dass sie besonders schön in ihrer Ausstattung gewesen wäre, wie zum Beispiel in Moskau, wo fast jede Station einem Kunstmuseum ähnelt. Nein, das nicht, sie war besonders praktisch. Man konnte sich einfach nicht verlaufen oder verfahren.

Schließlich ging ich nachmittags noch zu Steff Duboi einen Filterkaffee trinken. Mit dem chromfarbenen Filter auf der Tasse schmeckte der Kaffee besonders gut.

Der erste Job

Es dauerte nur eine Woche, und ich bekam eine Adresse, wo ich mich vorstellen konnte. Ich sollte zum Ersten des nächsten Monats die Stelle antreten. Ich wies Madame darauf hin, dass ich keine Papiere hätte, dass meine Stiefmutter sie mir irgendwann entwendet hätte. Wie sollte ich ihr erklären, wer May war? Das kümmerte Madame fast gar nicht.

Haushaltshilfe, das war nicht gerade das Gelbe vom Ei, aber ich wollte mich schon durchboxen. Erst einmal Arbeit, ein Zimmer und Geld verdienen, alles andere würde sich dann schon finden.

Einen Tag, bevor ich das Zimmer in der Pension aufgab, ging ich hinunter zu Monsieur Bernard und wollte mein Zimmer bezahlen, das ich jetzt schon über drei Wochen belegt hatte. Monsieur aber wollte kein Geld. Ich hätte nicht nur die ganze Etage auf Hochglanz gebracht, hätte sogar die Fenster im ganzen Haus geputzt und auch noch die Gardinen gewaschen, das wäre dann schon in Ordnung. Ob ich noch etwas für ihn tun könne, fragte ich. Nein, er hätte keine Wünsche mehr, ich hätte schon genug getan einschließlich seiner Wohnung. Er bedankte sich überschwänglich und meinte, er wäre sehr glücklich, dass er mir hätte helfen können und das hatte er in der Tat. Er meinte es wirklich ehrlich und sagte, dass seine Frau vor einem Jahr gestorben sei und er seit damals kein Zimmer mehr vermietet hätte.

Nachmittags ging ich noch einmal ins Bistro, schließlich war Steff Duboi meine erste Kontaktperson gewesen. Ich erzählte, was ich bisher erreicht hatte, trank meinen Kaffee, und Monsieur Duboi meinte, ich solle nur Geduld haben. Irgendwann würde ich dann auch bessere Arbeit finden. Am Abend bat ich Monsieur Bernard, mich am anderen Morgen um vier Uhr zu wecken. Er brachte mir dann noch einen Wecker mit zwei großen Glocken. Er zog den Wecker auf und ließ ihn zur Probe einmal klingeln. Ich erschrak ganz fürchterlich, und Monsieur lachte, bis ihm die Tränen kamen. Nein, mit diesem Wecker würde ich bestimmt nicht verschlafen.

Ich packte meine Sachen und legte mich früh ins Bett. Am anderen Morgen zog ich schnell mein Bett ab, packte alles in den Kopfkissenbezug und trug die Wäsche nach unten. Dann holte ich noch das Geschirr und den Kocher und stellte alles auf den kleinen Tisch. Schnell lief ich noch einmal die Treppe hinauf, um zu sehen, dass ich nichts vergessen und das Fenster geschlossen hätte. Ich nahm meine Tasche und den Koffer, übergab Monsieur den Haustürschlüssel. Er schenkte mir eine Spieluhr. Wenn man den Deckel öffnete, sprang eine kleine Fahnenstange mit der Trikolore heraus, und die Spieluhr spielte die Marseillaise. Ich bedankte mich höflich und dachte in meinem Inneren, das habe ich jetzt am nötigsten gebraucht.

Auf dem schnellsten Weg ging ich zur Metro, dachte an die letzten drei Wochen und an die Marseillaise. Ich musste vier Stationen fahren, und die Metro war so voll, dass mich die Fahrgäste an jeder Station zuerst hinaus- und dann wieder hineinschoben. Ich war froh, dass ich nicht jeden Tag diese Tour machen musste. Ich hatte dann noch einen Fußweg von etwa zehn Minuten und stand pünktlich Viertel vor sechs Uhr vor der Wohnungstür meiner ersten Arbeitsstelle. Auf mein Klingeln öffnete mir ein Mann mittleren Alters die Tür, und ein verärgertes Gesicht schaute mich vorwurfsvoll an. Sofort motzte mich der Mann an, dass ich nicht schon einen Tag vorher gekommen sei. Seine Frau wäre schon zur Arbeit, und er käme wegen mir zu spät. Ja, und ein Frühstück hätte er auch noch nicht gehabt. Ich wusste sofort, dass ich dort nicht lange bleiben wurde. Er übergab mir dann noch den Wohnungsschlüssel und meinte, ich dürfe niemand in die Wohnung lassen.

„Ich bin ja kein Schulkind mehr“, sagte ich trotzig.

„Ja eben“, meinte er.

Na, so ein Specht, dachte ich, nahm den Schlüssel in Empfang. Das konnte ja heiter werden.

Ich sah mich in der Wohnung um. Zwei Zimmer, eine Kleiderkammer, eine Küche, die zur Hälfte als Speisekammer abgeteilt war. Darin befand sich leider nichts anderes als Brot, Marmelade, Butter und eine angefangene Tüte Zucker. Im Küchenschrank sah es genauso trostlos aus. Dort fand ich auch nichts anderes als Geschirr, eine halbe Tüte Zucker und eine angebrochene Tüte Mehl. Angebrochene Tüten im Schrank konnte ich sowieso nicht leiden und ich wollte das bald ändern. Ich war immer noch erstaunt, dass der Herr etwas von Frühstück gesagt hatte. Konnte seine Frau ihm denn kein Frühstück machen? Wer hatte das denn sonst immer gemacht? Konnte er sich denn nicht selbst eine Tasse Kaffee aufbrühen oder eine Schnitte machen? Das konnte doch jedes Schulkind.

Ohne Rücksicht auf den spärlichen Proviant in der Speisekammer nahm ich mein letztes Stück Baguette aus meiner Tasche und bestrich es mit Butter und Marmelade, dazu noch eine Tasse Kaffee, das war auch noch mein eigener. Ich hatte nämlich auch noch nicht gefrühstückt.

Das eine Zimmer war gut eingerichtet, aber kein Bild oder anderer Wandschmuck. In dem anderen Zimmer standen ein französisches Bett, ein Stuhl, ein großer, breiter Tisch und eine Nähmaschine. Ich fragte mich, wozu diese Leute eine Haushaltshilfe benötigten? In der ganzen Wohnung Parkettfußboden, Bad und Küche gekachelt und gefliest. Die ganze Wohnung war spätestens in drei Stunden sauber gemacht. Was sollte ich den ganzen Tag tun? Ich konnte ja nicht einmal etwas kochen, weil einfach nichts da war.

In der Küche lag ein Zettel auf dem Tisch. Da ich aber noch nicht so gut Französisch lesen konnte, interessierte mich der Zettel nur am Rande. Als die Herrschaften gegen achtzehn Uhr nach Hause kamen, wollte ich mein Zimmer sehen. Ich wollte endlich meine Sachen auspacken. Zu meinem Leidwesen musste ich im Wohnzimmer auf der Couch schlafen. Ein eigenes Zimmer, vielleicht im Haus, war für mich nicht vorgesehen. Das gefiel mir alles nicht, aber ich machte gute Miene zu diesem Spiel und dann durfte ich meine Sachen in der Kleiderkammer auf das Regal legen. Erst wenn die Chefs geruhten, schlafen zu gehen, durfte ich mich auch hinlegen. Mein Aufenthaltsraum war die Küche.

Schlimm war es immer, wenn meine Chefs Besuch hatten. Das war etwa viermal im Monat der Fall. Lauter Herren. Dann kaufte Madame groß ein, und ich musste Steaks braten oder kalte Platten anrichten. Die Herrschaften saßen dann im Wohnzimmer, aßen, tranken und rauchten bis spät in die Nacht. Was das für Leute waren, konnte ich nicht ergründen, aber eigentlich ging mich das auch nichts an. Ich saß brav in der Küche und büffelte Französisch, bis ich für die Herrschaften gegen ein Uhr noch Kaffee brühen musste. Gegen zwei Uhr konnte ich mich dann auch hinlegen. Ich fragte, wozu sie mich engagiert hätten. Ich hätte den ganzen Tag nichts zu tun. Von diesem Tag an durfte ich kochen.

Madame schrieb auf einen Zettel, was ich einkaufen sollte, legte aber kein Geld dazu. Ich dachte bei mir, nein, so geht das nicht. Dann hatten wir eine Summe ausgemacht, über die ich in der Woche verfügen konnte, und Madame hatte dann jede Woche die Summe wieder aufgefüllt, gegen Kassenzettel und Quittung versteht sich. So ging das eigentlich ganz gut. Ich hatte endlich freie Hand. Ich servierte nicht nur französische Küche, sondern auch mal Kartoffelklöße, Sauerbraten und Rotkohl. Endlich hatte ich genug zu tun, und meine Tage waren ausgefüllt. Trotzdem wusste ich, dass ich nicht lange bleiben würde.

Nach dem ersten Monat wartete ich auf meinen Lohn. Ich wollte mir zu Weihnachten einen Pullover stricken und dazu brauchte ich Wolle. Ich hatte, arglos wie ich damals war, mit den Herrschaften keinen Lohn ausgemacht und bekam auch keinen, nicht einmal ein Taschengeld. Wie war ich froh, dass ich mein bisschen Geld zusammengehalten hatte, und ich nahm mir vor, keinen einzigen Franc davon auszugeben. Ich kam mir langsam vor wie die Unschuld vom Lande und ließ mich schon wieder ausnutzen.

Zum Weihnachtsfest kaufte Madame einen ganzen Puter, und ich war heilfroh, dass Madame ein paar Tage Weihnachtsurlaub hatte. Einen Putenbraten hatte ich noch nie gemacht. Ich hatte gelernt, wie man aus wenig etwas machen konnte, aber ein Putenbraten war noch nie dabei. Ich durfte mir allerdings etwas zum Fest wünschen. Ich wünschte mir Baumwolle, um mir eine Garnitur Unterwäsche stricken zu können und gute Wolle für den lang ersehnten Pullover. Ich wollte keine Spitzendessous, wie Madame sie trug. Viel zu vornehm, zu teuer, viel zu kalt. Ich fand diese feine Wäsche ja sehr schön, ich war aber nun mal an die selbst gestrickten gewöhnt, jedenfalls im Winter. Außerdem wünschte ich mir einen Lippenstift. Da lachte Madame. Sie stieg in der Kleiderkammer auf eine zweistufige Trittleiter und angelte einen grauen Schuhkarton von der Ablage herunter. Sie schüttete den Inhalt auf den Küchentisch, und es kullerten etwa zehn Lippenstifte herum, dazu noch Make-up, Puderdosen und andere Utensilien. Alles für die Schönheit. Ich durfte mir aussuchen, was ich wollte. Die Lippenstifte waren fast noch ungebraucht, und ich suchte mir einen aus. Außerdem schenkte Madame mir eines ihrer Kleider. Das Kleid stand mir gut und war wie für mich gemacht. Ein paar Schuhe kaufte sie mir auch, die waren aber eher etwas für den Sommer. Wolle bekam ich keine und Geld auch nicht. Das war der Lohn für zwei Monate und das gefiel mir absolut nicht.

Ich ging nun zwar zum Einkaufen aus dem Haus, aber kein Kino, keinen freien Tag, keine Freunde, kein gar nichts. Kurz nach Weihnachten schrieb ich an Reni, wie es mir bis dahin ergangen war. Wenn sie mir antworten wolle, dann bitte an diese Adresse, aber bald, denn ich wüsste nicht, wie lange ich hier bleiben würde. Es wurde ein langer Brief, und ich schüttete ihr mein ganzes Herz aus.

Dann traf ein Brief von Reni ein. Sie schrieb mir, dass sie ihre Mutter besucht, es aber schon bereut und ihren französischen Freund, den ich ja kennen gelernt hatte, geheiratet hätte. Ich solle mir doch auch einen guten Mann suchen und heiraten, dann wäre ich alle meine Sorgen los. Meine größte Sorge aber war meine Mutter, aber das konnte Reni nicht wissen. Wenn ich an meine Familie dachte, verging mir die Lust auf Eheglück. Außerdem hätte ich wegen meiner Papiere nach Hause schreiben müssen. Das wäre bestimmt nicht gut gegangen, dafür kannte ich May viel zu gut. May hätte dann irgendwann ohne Voranmeldung grinsend vor der Tür gestanden. Oh nein, das Risiko konnte ich nicht eingehen. Sie hätte mir bestimmt keine Papiere mitgebracht, sondern mich mit nach Hause geschleppt. Das wäre wahrscheinlich das Ende meines Lebens gewesen, denn dann hätte ich mich umgebracht. Außerdem hatte ich meine Familie aus meinen Gedanken gestrichen. Ich wollte lieber so weiterleben. Irgendwann würde sich alles zum Besten wenden. Irgendwann würde ich einundzwanzig Jahre alt sein. Das sollte aber noch gute drei Jahre dauern.

Ich kaufte die Zutaten ein, die ich zum Plätzchenbacken benötigte. Dazu eine Tüte Nüsse, ein paar Äpfel, Orangen, Kakao und dunklen Honig. Dazu zwei Tafeln Schokolade. Ich backte Butterplätzchen und kleine Lebkuchen und diese Leckereien versteckte ich in der Speisekammer.

Es wurde Heilig Abend, und ich stellte einen bunten Teller auf den Wohnzimmertisch mit einer selbst gebastelten Karte „Bon Noel“. Ein paar Tannenzweige und bunte Kerzen stellte ich um den Teller, und dann probierte Madame die Plätzchen. Sie lobte mich ein ums andere Mal und sie fand, dass ich den Christbaum sehr schön geschmückt hätte.

Dann kam der Hausherr vom Dienst, legte Hut und Mantel ab, zog die Schuhe aus und schlüpfte in seine Hausschuhe, die hinter der Wohnungstür zu stehen hatten. Er war etwas mollig und trug eine Stirnglatze. Nun ja, dafür konnte er ja nichts. Seit einiger Zeit machte er einen großen Bogen um mich, und ich sah zu, dass ich ihm nicht zu nahe kam. Er grüßte höflich, und ich ging in die Küche, um Kaffee zu brühen, und in der Backröhre duftete schon der Putenbraten.

Monsieur ging ins Wohnzimmer, wo schon die Kerzen auf dem Tisch und am Christbaum brannten, nahm ein Plätzchen vom Teller und schnupperte daran herum, knabberte verächtlich an einer Ecke und schob dann das ganze Plätzchen in den Mund, wobei er sich an den Krümeln gründlich verschluckte. Dann nahm er den ganzen Teller und verschwand damit im Schlafzimmer. Als Madame mit dem Kaffee aus der Küche kam, ich hatte gerade die Tassen und Teller hingestellt, zeigte ich auf den Tisch, wo gerade eben noch der große bunte Teller gestanden hatte, drückte meinen Zeigefinger auf meinen Mund und zeigte mit der anderen Hand in Richtung Schlafzimmer und öffnete behutsam die Tür. Da saß Monsieur im Schneidersitz auf dem Bett und futterte die Weihnachtsplätzchen. Er sagte nur:

„Hm, hach",

was wohl gut oder so ähnlich heißen sollte. Noch bevor Madame etwas sagen konnte, nahm ich sie an der Hand, zog die Tür wieder leise zu und ging mit ihr in die Küche. Ich holte aus der Speisekammer eine tiefe Glasschale mit Deckel, die ich auch mit Plätzchen gefüllt hatte. Wir setzten uns beide gemütlich ins Wohnzimmer, tranken den heißen, duftenden Kaffee und aßen von dem knusprigen Gebäck.

„Wenn mein Herr Gemahl jetzt denkt, dass ich ihm jetzt eine Tasse Kaffee ins Schlafzimmer bringe, hat er sich geirrt", sagte Madame, und ich lachte, bis mir die Tränen kamen.

Der Herr brachte nach einer Weile den Teller. Nüsse, Obst und die Schokolade hatte er übrig gelassen. Ich ärgerte mich ein bisschen über ihn, denn ein wenig feierlicher hätte ich mir den Nachmittag am Heiligen Abend schon vorgestellt. Ich zeigte meinen Ärger nicht, sondern lächelte den Monsieur an, was ihn nun wiederum ärgerte. Madame stülpte sofort den Deckel über die Glasschale und erhob drohend den Zeigefinger der rechten Hand.

Das Festmahl am Abend war enorm gut und bestens gelungen. Ich hatte den Eindruck, dass für mich der Heilige Abend noch nie so schnell vorüber war wie hier. Ich gab mir Mühe, das alles zu verstehen und dann schleunigst zu vergessen.

*

Endlich ging der Winter vorbei, der nur mit Nässe und Schneematsch dahergekommen war. Mit den ersten warmen Sonnenstrahlen suchte ich mir eine andere Arbeit. Es dauerte einen ganzen Monat, bis ich etwas gefunden hatte. In einer Textilfabrik hätte ich arbeiten können, wenn ich eine Wohnung gehabt hätte. Aber ohne Papiere keine Wohnung und ohne Wohnung keine Arbeit, es sei denn, man konnte dort wohnen, wo man arbeitete. Ich dachte an die kleine Pension, in der ich ein Zimmer hatte, aber Monsieur Bernard hätte mir sicher nicht auf Dauer ein Zimmer vermietet. Vielleicht hätte er sich sogar strafbar gemacht, ich wusste es nicht. Ich hatte ja nicht einmal einen Ausweis und ich wollte ihn auch nicht in Schwierigkeiten bringen.

Der zweite Job

Ich war der Meinung, dass ich bei der Stelle, die ich gerade hatte, keine Kündigungsfrist einhalten müsse und sagte das auch Madame, als sie abends von der Arbeit nach Hause kam. Ich erzählte ihr, dass ich mir eine andere Arbeitsstelle gesucht hätte. Ich hätte dort ein eigenes Zimmer und bekäme auch Lohn für meine Arbeit. Madame zuckte nur mit den Schultern und meinte, ich solle doch froh sein, dass sie mich aufgenommen hätten. Ohne Papiere hätte ich gar keinen Anspruch auf Lohn.

„Lass Sie doch“, raunte Monsieur. Er war seit längerer Zeit ärgerlich auf mich, und Madame konnte sich denken warum. Ständig hatte er an mir herumgegrabscht, wenn Madame mal nicht zugegen war. Irgendwann, als es mir zuviel wurde, gab ich ihm eine Ohrfeige. Ich wusste ja aus Erfahrung, wie man so etwas macht. Dann ließ er mich in Ruhe und redete fortan kein Wort mehr mit mir und nörgelte ständig über das Essen. Was hatte sich der Herr gedacht? Dass ich auf ewig ohne Lohn arbeiten würde und ihm dann auch noch zur Verfügung zu stehen hätte?

Ich sagte zu Madame, dass ich noch einmal alles gründlich sauber gemacht hätte, einschließlich der Fenster und Gardinen. Ich packte meine Sachen zusammen und verabschiedete mich von Madame. Sie schaute ihren Mann ärgerlich von der Seite an. Ich war sehr erleichtert, dass mir niemand eine Szene machte. Alles hatte seine Grenzen, auch bei mir.

Trotzdem war ich diesen Leuten dankbar, dass sie mich aufgenommen hatten und dem Schicksal, dass ich das Glück immer noch an meiner Seite hatte. Es hätte schlimmer kommen können. Ich hatte das Gefühl, dass meine Zeit vergeht, ohne etwas erreicht zu haben, und dass ich auf der Stelle trete.

Ich hatte es so eingerichtet, dass ich eine ganze Woche Zeit hatte und fuhr zu Monsieur Bernard. Für eine Woche würde er mir sicher wieder ein Zimmer vermieten, da war ich ganz sicher. Ich bekam sofort schon das mir bekannte Zimmer und noch am gleichen Abend musste ich ihm bei einer Tasse Kaffee alles erzählen und wie es mir bis dahin ergangen war. Ich sagte ihm, dass ich schon wieder eine neue Arbeitsstelle in einer Konditorei mit kleinem Cafè gefunden hätte. Er meinte, dass dies sicher nettere Leute wären. Nun ja, Franzosen waren alle nette Leute, aber vor Überraschungen war ich mir nicht mehr sicher.

Ich lief und fuhr ein paar Tage durch Paris und glaubte, dass der Frühling in Paris noch schöner sei als der Frühling in Wien, obwohl ich einen Wiener Frühling noch nie erlebt hatte.

Am Ersten des Monats trat ich meine neue Stelle an. Den kleinen Jungen namens Daniel hatte ich sofort auf meiner Seite, und mit dem Hund hatte ich mich auch bald angefreundet. Das frühere Mädchen war wegen Heirat ausgeschieden, und ich konnte ihr Zimmer beziehen. Sie nannten den Schäferhund Wandale, dabei war er brav wie ein Schäfchen, was ich von meinem neuen Patron nicht gerade sagen konnte. Die Arbeit in der Konditorei hätte mir noch mehr Spaß gemacht, wenn der heißblütige Patron nicht gewesen wäre. Das einzige Wort, das er auf Deutsch sagen konnte, war, na, ich sage es lieber nicht. Jedenfalls schämte er sich nicht, mich jeden Morgen mit diesem hässlichen Wort zu begrüßen. Er war während des Krieges in deutscher Gefangenschaft gewesen und hatte es wohl nicht so gut getroffen. Immer wenn er mich sah, sagte er dieses scheußliche Wort, nur weil ich eine Deutsche war. Irgendwann rückte Madame ihm den Kopf zurecht, dann ließen die Belästigungen nach. Mir wäre es nie eingefallen, ihn mit dem Wort Merde zu begrüßen, nur weil er Franzose war.

*

Das Wetter besserte sich zusehends, und der Regen hatte schon in der Nacht alle grauen Dächer sauber gewaschen, und der starke Sturm hatte sich ausgetobt. Meine Fenster klapperten nicht mehr, und Haufenwolken standen unbewegt wie hohe schneebedeckte Berggipfel über den Häusern. So zeigte sich der Himmel zwischen den Wolken in einem tiefen Blau. Ich dachte daran, wie frei ich noch im letzten Jahr um diese Zeit gewesen war. Der Himmel und die erwachende Natur schienen mir ganz allein zu gehören. Nach einer solchen Nacht, wo mich der Sturm fast ins Wasser gedrückt hatte, kam der Streuner zu mir unter die Brücke. Ob er mich wohl vermisste? Ich hatte schon lange Zeit nicht mehr an ihn gedacht. Ob er wohl auf die Suche nach mir gegangen war, wie schon einmal und mich dann am See, in meinem Paradies wieder gefunden hatte? Ach, was ich mir einbildete, aber ein komisches Gefühl überkam mich doch. Nicht alle Menschen sind gut zu Hunden oder anderen Tieren, aber ich war der festen Überzeugung, dass er es gut getroffen hatte. Der Streuner war ja so bescheiden. Er brauchte nur eine Mahlzeit, und es war ihm ganz egal, was man ihm vorsetzte. Mit einer Ecke zum Schlafen war er zufrieden und über ein paar Streicheleinheiten konnte er sich so unbändig freuen.

Ich hatte zwei Ansichtskarten zu den Höfen geschickt, wo ich einst gearbeitet hatte. Von den Leuten des ersten Hofes bekam ich keine Antwort. Aber die Leute, wo der Streuner untergebracht war, hatten mir einen lieben Brief geschrieben, dass sie viel Arbeit hätten, dass sie noch manches Mal an mich dächten, dass es ihnen gut ginge, und dann hatten sie noch ein Foto beigelegt. Darauf waren die beiden lieben Menschen und der Streuner abgelichtet. Einer der Knechte spielte mit dem Hund, und Madame hatte ein Baby auf dem Arm. Sie wünschten mir viel Glück für mein weiteres Leben, und das verstand ich als endgültig. Ich schrieb dann auch nicht mehr, aber über die Grüße von Dominic freute ich mich besonders und dass mein Streuner so gut versorgt war.

Langsam und unmerklich stellte sich der Sommer ein. Mein erster Urlaub in Paris. Madame und der Patron fuhren mit Kind und Hund in die Bretagne. Der Geselle, er hieß Michel, fuhr zu seinen Eltern, wo das auch immer war, und ich fuhr nirgendwohin. Ich bekam zwar ein gutes Taschengeld, von richtigem

Lohn konnte aber auch hier keine Rede sein. Für eine Reise aber reichte das nicht. Ich musste sparen.
Ich schlief morgens lange, dann machte ich mich daran das Geschäft, das Cafè und die Wohnung gründlich zu reinigen. Ich hatte viel Zeit und musste mich nicht beeilen. Ich wusch alle Gardinen, putzte alle Fenster, und wenn ich mal keine Lust hatte, ging ich spazieren oder fuhr mit dem Bus durch die ganze Stadt, trank bei Steff Duboi einen Filterkaffee oder ging auch mal ins Kino. Das war das Höchste, was ich mir leistete. Manchmal nahm ich mir eine Tafel Schokolade und legte einen Zettel ins Fach, bezahlen brauchte ich sie nie. Madame war überhaupt großzügig. Gebäck durfte ich nehmen, wann und was ich wollte, und ich wollte oft, nur fragen sollte ich nicht immer und ich tat es doch. Ich war es nicht anders gewöhnt.

Wenn ich einmal einen besonderen Wunsch hatte, wurde er meistens erhört. Dann ging Madame mit mir einkaufen. Mal ein Kleid, Schuhe vor allem oder einen Mantel. Langsam, aber sicher wollte ich meine alten Sachen ablegen. Ich durfte mir aussuchen, was ich benötigte, und suchte mir auch Baumwolle aus für eine Garnitur. Ich hätte also gar keinen Kummer gehabt, wenn der Patron nicht gewesen wäre. Nur wegen ihm wollte ich die Arbeitsstelle nicht schon wieder wechseln.

Das erste Jahr war vergangen, und ich bekam von Madame zu Weihnachten ein sehr schönes Kleid geschenkt, hellbraun mit passender Jacke. Neu, versteht sich doch von selbst. Ich schenkte ihr eine mittelgroße gehäkelte Decke aus Seidengarn. Eigentlich war die Decke für den Rauchtisch im Wohnzimmer gedacht, Madame aber legte sie im Schlafzimmer mitten auf die hellrosa Tagesdecke, die das französische Bett bedeckte.

Ich hatte schon fast die ganze Stadt kennen gelernt und einen netten Freund hatte ich auch. Er lud mich manchmal ins Variete oder ins Kino ein, manchmal auch ins Lido und dann zu einem schönen Abendessen. Oft sahen wir uns wochenlang nicht und dann wieder drei bis viermal in der Woche. Wir hatten keine feste Beziehung, und mir gefiel es, so wie es war.

Er war außerdem, wie ich erst spät erfuhr, verheiratet. Da war für mich Schluss. Ich wollte nicht der Störenfried in einer fremden Ehe sein. Ich hatte ihm nie von meiner Vergangenheit oder davon, dass ich meine Mutter suchen wolle, erzählt und ich kam außerdem gut ohne einen festen Freund aus. Die Zeit mit ihm war aber schön, und ihm gefiel, dass ich keinerlei Ansprüche hatte oder Fragen stellte. Ich freute mich immer, wenn er kam, um mich abzuholen, aber ich war nicht traurig, wenn er sich wochenlang nicht sehen ließ, und dass hatte ihm gefallen. Vielleicht hielt er mich auch für ein Dummchen, aber das war mir egal.

*

Madame hatte einen schwarzhaarigen Lockenkopf und große schwarze Augen. Sie war eine sehr attraktive und gepflegte Erscheinung. Sie war zweiunddreißig Jahre alt und eines Tages sagte sie zu mir, dass nicht nur verheiratete Frauen lackierte Fingernägel tragen dürfen und schenkte mir ein Fläschchen roten Nagellack. Von da an lackierte auch ich meine Nägel, allerdings nur wenn ich ausging oder sonntags.

Von der Wolle, die ich mir ausgesucht hatte, strickte ich mir eine Garnitur für den Winter. Als sie fertig war, zeigte ich sie Madame. Ein Hemdchen mit Lochmuster und ein Höschen. Sie meinte, es sei eine schöne und gute Arbeit, und ihr gefiel die Garnitur in zartrosa. Als ich für sie auch eine Garnitur stricken wollte, wehrte sie mit beiden Händen ab. Sie trug Spitze, auch im Winter.

Der Patron war ein schlanker Mann mit glatten braunen Haaren und blauen Augen. Manchmal beäugte er mich wie ein Raubvogel seine Beute. Ich nahm mir vor, immer auf der Hut zu sein. Er war etwas älter als Madame und sah nicht wie ein Franzose aus. Er stand schon morgens früh mit dem Gesellen um drei Uhr in der Backstube, die sich in den Kellerräumen befand. Der schwarzhaarige Geselle begrüßte mich jeden Morgen mit einem Lächeln, und seine braunen Augen musterten mich jeden Tag. Er war ein netter und ruhiger junger Mann. Die beiden Männer arbeiteten harmonisch miteinander, und ich hörte nie ein böses oder lautes Wort. Nach dem Mittagessen ging der Patron schlafen, und der Geselle ging in ein kleines Hotel, das gleich um die Ecke lag und wo er ein Zimmer bewohnte. Fast jeden Tag ging der Patron aus, sehr zum Leidwesen seiner Frau.

Der Wüstling

Der nächste Urlaub rückte näher, und damit ich nicht wieder meinen Urlaub mit Putzen verbringe, sollte ich während meines Urlaubs in das Zimmer des Gesellen ziehen, der wie immer zu seinen Eltern reiste. Ich hätte mit in die Bretagne reisen können, aber ich wollte diese vierzehn Tage allein sein, mal lange schlafen und tun, was mir gerade einfiel. Ich packte ein paar Sachen und zog um. Außerdem gab es ja noch vieles, was ich in Paris noch nicht gesehen hatte.

Kurz bevor der Urlaub zu Ende ging, besuchte mich der Patron auf meinem Zimmer. Er sagte, dass ich mein Zimmer hinter dem Laden wieder beziehen könne, Michel käme früher zurück, und er übergab mir die Schlüssel. Er selbst wäre nur gekommen, weil am selbigen Tag das Mehl für die Backstube geliefert worden wäre. Dann kam er plötzlich auf mich zu, fasste mich heftig an beiden Oberarmen und drückte mich rückwärts durch das ganze Zimmer. Dann warf er mich unsanft aufs Bett und fiel über mich her. Ich ließ mir das nicht gefallen und wehrte mich, so gut ich konnte. Als er nicht von mir abließ und mir den Mund zuhielt, biss ich ihm in die Hand. Meine Zähne hinterließen bei ihm einen blutigen Abdruck. Ich hatte mit der Zeit gelernt, mich zu wehren. Er schimpfte und wetterte, na ja, was enttäuschte Herren eben so zu sagen pflegen. Ich war mir aber sicher, dass er mich nie wieder anfassen würde. Er verließ wütend und schimpfend das Zimmer und schlug die Tür laut hinter sich zu.

Es dauerte eine geraume Weile, bis ich mich beruhigt und ausgeweint hatte. Ich rechnete jetzt damit, die Arbeitsstelle zu verlieren. Ich bezog noch am selben Nachmittag mein Zimmer, und der Patron war schon wieder abgereist. Zuerst packte ich meine Sachen aus, brühte mir eine Tasse Kaffee, setzte mich an den Tisch im Wohnzimmer und dachte nach. Was würde wohl jetzt auf mich zukommen? Ich wusch alle meine Sachen für den Fall, dass Madame mich kurzerhand entlassen würde. Ich wienerte meinen Koffer blank, dann verschloss ich mein Zimmer, was ich sonst niemals zu tun pflegte und legte mich schlafen.

Am nächsten Morgen schrubbte ich die Küche und den Laden sauber, dann ging ich einkaufen. Der Kühlschrank war leer. Ich hatte mit Erlaubnis alles Essbare mit auf das andere Zimmer genommen. Ich richtete das Essen für den Abend und legte die Quittungen für das verauslagte Geld wie immer auf den Rauchtisch. Dann reinigte ich noch die Wohnung, aber das war eine Kleinigkeit. Ich freute mich, als am Abend alle wieder da waren, nur der kleine Daniel war bei seiner Oma geblieben. Ich war ziemlich ausgezehrt und hatte zwei Kilo abgenommen. Auf Michels Zimmer konnte ich nichts kochen und ich hatte mich wieder von Brot und Obst ernährt.

Als meine Chefs endlich eingetroffen waren, erwartete ich eigentlich ein Donnerwetter. Am Abend schaute auch der Geselle vorbei. Im Gegensatz zu meinen Chefs, die von der Sommersonne gut gebräunt waren, war Michel blass wie eh und je. Der Patron trug einen Verband an der rechten Hand, ich musste also gründlich zugebissen haben. Er sah mich auch wütend an, und ich warf den Kopf in den Nacken und lachte in mich hinein. Madame hatte mich auch fragend angeschaut, aber ich tat so unschuldig wie nur möglich. Michel, ihm musste der Patron alles erzählt haben, zeigte mir einen Vogel, indem er mit dem Zeigefinger an seine Stirn tippte. Wahrscheinlich, weil er jetzt noch früher aufstehen und mehr arbeiten musste.

Eines Tages erhielt ich endlich den lang ersehnten Brief von meiner Mutter. Ich hatte schon etliche Male geschrieben, zum Ende auch noch an das Rote Kreuz, aber alles war vergebens. Nun hielt ich aber doch den Brief meiner Mutter in der Hand und las ihn immer und immer wieder. Hätte sie geschrieben, ich solle bleiben, wo ich gerade war, dann hätte ich zwar mit meinem Schicksal gehadert, dann aber diese Episode abgeschlossen. Es hätte sicher einen Riss in meinem Herzen gegeben. Meine Mutter aber schrieb mir, dass ich zu ihr kommen soll, es würde überall Brot gebacken. Sie würde sich freuen, mich zu sehen und bei sich zu haben, und dieser Satz war für mich ausschlaggebend. Nun hatte ich doch wieder eine Mutter, und das war für mich das Allerwichtigste.

Am gleichen Abend schrieb ich noch einen langen Brief an Reni, dass ich jetzt so viel gespart und meine Mutter nun endlich auf meine Briefe geantwortet hätte, und ich wolle nun zu ihr reisen. Ich beschrieb Reni meine ganze Misere, wovon sie noch gar nichts wusste. Nun wusste auch Reni endlich Bescheid und hielt mich nun auch nicht mehr für eine Herumtreiberin.

Reni hatte mir so schnell geantwortet wie noch nie. Sie fragte an, ob ich denn noch nicht genug Abenteuer erlebt hätte und ob ich verrückt geworden wäre. Sie warnte mich, hinter den EISERNEN VORHANG zu reisen. Sie schrieb auch, dass ich das Land, wäre ich einmal dort, nicht mehr verlassen dürfe. Ich solle doch überlegen, wie weit ich es schon geschafft hätte. Ich wäre doch jetzt fast volljährig, und niemand aus meiner Familie könne mir je wieder Schaden zufügen. Es ginge mir doch gut, und ich solle mir das Unternehmen wieder aus dem Kopf schlagen. Frankreich sei ein gutes Land, die Menschen freundlich, und Paris sei eine wunderschöne Stadt. Ich würde meinen Schritt eines Tages bereuen. Wie recht sie doch hatte.

Eines Tages war es dann so weit. Ich konnte mir jetzt die Reise zu meiner Mutter erlauben. Ich war endlich einundzwanzig Jahre alt und volljährig. Manchmal kamen mir allerdings große Zweifel. Alle rieten mir von der Reise ab. Ich konnte nie richtig verstehen, wieso und fragte mich oft, soll ich oder lieber nicht. Jetzt hatte ich doch von May und meinem Vater nichts mehr zu befürchten. Viele Jahre später erfuhr ich, dass sich keine Menschenseele um mich gesorgt hatte. Ich war eben weg und basta. Niemand hatte mich suchen lassen. Der einzige Mensch, der sich gesorgt hatte, war Franz. Mir tat es unendlich Leid, dass ich ihm kein einziges Wort habe zukommen lassen. Ich konnte es mir nie verzeihen, dass ich diesen lieben Menschen im Ungewissen ließ. Ich wusste auch nicht, ob er mich verstanden hätte.

Nun stand mein Entschluss endlich fest. und alle Zweifel waren wie weggewischt. Madame meinte, dass es hinter dem EISERNEN VORHANG auch böse Menschen gäbe, womit sie allerdings Recht hatte. Ich musste ihr immer und immer wieder erklären, dass dort meine Mutter lebte. Schließlich erzählte ich ihr eines Abends mein ganzes bescheidenes Leben. Von meiner Mutter und meinem Vater. Wie er sie oft nur aus Eifersucht misshandelt hatte. Dann erzählte ich ihr von May und was ich auf der Flucht von Zuhause erlebt und wie ich mich durchgeboxt hatte. Ich fragte mich, ob Madame mich eingestellt hätte, wenn sie das alles gewusst hätte. Ich bezweifelte das. Madame schüttelte immer wieder den Kopf.

Madame riet mir erneut, die Reise fallen zu lassen. Sie wollte mir vier Wochen freigeben, damit ich mir meine Papiere besorgen und alles regeln könne, was zu regeln sei. Dann sollte ich mir einen ordentlichen Mann suchen und heiraten. Ich würde mein Vorhaben bestimmt bereuen. Wie Madame doch Recht hatte. Ich aber schlug alle Warnungen in den Wind.

Ich hätte sicher einen netten Mann gefunden, hätte ein paar Jahre mit ihm zusammenleben können, wie Reni es getan hatte. Ich aber war streng katholisch erzogen worden. Mit einem Mann vor der Ehe zusammenzuleben? Oh Gott, oh Gott.

*

Es war Ende Januar, und ich arbeitete nun schon drei Jahre in dieser Konditorei. Meine französische Aussprache war schon fast perfekt, und es ging mir gut. Irgendwie tat es mir Leid, einfach alles hinzuwerfen. Ich hatte mich so an diese wirklich netten Mitmenschen gewöhnt, sogar an den Patron. Trotzdem fuhr ich am nächsten freien Tag zum GARE DE L'EST und erkundigte mich, was eine Fahrt nach Hamburg kostete. Ich dachte erst einmal, nach Hamburg, dann würde ich schon sehen, wie ich weiterkomme. Ich musste auch berücksichtigen, dass ich zweimal Geld umtauschen musste, noch etwas dazurechnen für Verpflegung, Übernachtung und andere Eventualitäten. Nun ja, Hamburg, aber da war ich noch lange nicht am Ziel.

Mir gingen noch viele Gedanken durch den Kopf, und Madame warnte mich immer wieder. Ich war so etwas wie eine Haustochter geworden und ich konnte mich wirklich nicht beklagen. Ich schob die Reise noch eine Woche und noch eine Woche vor mir her, aber dann entschied ich mich endgültig. Jetzt war ich so weit, die lieben Menschen und die schöne Stadt zu verlassen. Ich packte meine Sachen, und Madame gab mir noch Geld, mehr als ich zu hoffen gewagt hatte. Sie meinte, die Reise wäre doch sicher sehr teuer, und ich könnte doch jeden Franc gebrauchen. Das konnte ich in der Tat.

Da kam Michel, der Geselle, zur Tür herein und gab mir einen Briefumschlag. Ich dachte, oh Gott, hoffentlich keinen Abschieds- oder Liebesbrief. Ich schaute Michel lange an und bemerkte ein bisschen Traurigkeit, oder war nur Bedauern in seinen Augen? Er reichte mir die Hand, und ich sah ihm verwundert nach, bis die Tür im Schloss knackte. Vorher warf er mir noch eine Kusshand zu, wie jeden Tag, wenn er nach Hause ging. Auch Madame war sichtlich erstaunt. Sie sah mich verwundert an, und ich traute mich nicht, den Umschlag zu öffnen. Dann lächelte sie, und mir stieg die Röte ins Gesicht. In diesem Moment wusste ich, sollte dieser Brief eine Liebesbezeugung enthalten, würde ich die Reise nicht machen. Michel war ein feinfühliger, zurückhaltender und netter Mensch, zwei Jahre jünger als ich, und ich mochte ihn, und er mochte mich. Wir hatten uns dies nie gesagt. Wir verstanden uns einfach gut und wir lachten viel miteinander.

Madame legte mir noch eine Schachtel Zigaretten hin, mittlerweile hatte ich mir das Rauchen angewöhnt, und Madame hatte mir zum Feierabend stets eine Zigarette angeboten. Dann rauchten wir beide. Gekauft hatte ich mir nie welche, ich musste sparen.

Ich nahm mit Freuden das Geld und steckte es in das zurzeit noch zerlumpte Portemonnaie. Das alte Ding hatte schon so viel mitgemacht, dass ich mich nicht davon trennen mochte.

Dann ging ich in mein Zimmer, die Neugierde ließ mir keine Ruhe, zündete mir eine Zigarette an und öffnete erwartungsvoll den Brief. Ich entnahm ihm zwei große Geldscheine und ein kurzes Briefchen. Michel und der Patron wünschten mir alles Gute, dass ich meine Mutter gesund wieder sehen möge, und das Geld wäre für die Reise. Wenn es mir hinter dem EISERNEN VORHANG nicht gefallen würde, sollte ich schnellstens wieder zurückkommen. Ich lief zur Treppe, rief nach Michel, aber er war schon gegangen.

Am nächsten Morgen nach dem Frühstück fuhr ich zum Bahnhof, um mir meine Fahrkarte und noch ein paar Kleinigkeiten für die Reise zu kaufen. Als ich zurück war, kochte ich ein schönes Mittagessen für die Familie und konnte mich endlich bei Michel bedanken. Gegen neunzehn Uhr machte ich mich reisefertig. Madame hatte für mich Reiseproviant eingepackt und noch zwei Tafeln der guten Schokolade, die ich so gerne aß. Nach dem Abendessen rief Madame ein Taxi für mich, und der Patron gab mir zum Abschied die Hand. Das war das erste und einzige Mal, seit ich dort gearbeitet hatte. Er schaute mich lange an, sagte aber nichts, und ich wusste, dass er sich auf diese Weise bedankte, dass ich ihn bei Madame nicht verraten hatte. Ich nahm den Nachtzug.

Ich fand es für zu gefährlich, direkt über die Grenze zu fahren. Ich hatte ja immer noch keinen Pass und keinen Ausweis. Es war am frühen Morgen, und ich stieg zwei Stationen vor der Grenze aus. Es war noch dunkel und kalt, und ich mietete mir ein Zimmer in einem kleinen Hotel in der Nähe des Bahnhofs für zwei Nächte. Ich hatte Glück, das Zimmer war zwar klein, hatte aber ein Bad. Die Toilette befand sich allerdings auf dem Flur.

Ich füllte einen Meldezettel aus und bezahlte auch gleich. Niemand fragte nach meinem Ausweis. Ich bekam einen Zimmerschlüssel und trug mein Gepäck in die erste Etage.

Ich schaute mich im Zimmer um: ein Bett, ein Schrank, ein Tisch, ein Stuhl, einen zerfransten Bettvorleger und Fenster zur Straße. Ich öffnete das Fenster, um zu lüften, und drehte die Heizung auf. Nachdem ich mich kurz gewaschen hatte, schloss ich das Fenster wieder und legte mich ins Bett.

Gegen neun Uhr klopfte jemand an die Tür. Ich hatte schon vier Stunden geschlafen und hatte schon wieder Angst. Wollte nun doch jemand meinen Pass sehen? Als es noch einmal klopfte, stand ich auf, zog meinen Morgenmantel über und öffnete die Tür. Eine Frau in blauer Kittelschürze begehrte Einlass. Ich erklärte, dass ich das Zimmer erst in aller Frühe belegt und bestimmt noch keinen Schmutz fabriziert hätte. Die Frau lächelte ein bisschen unverschämt, dann winkte sie ab, ging mit Eimer, Besen und Putzlappen zum nächsten Zimmer, nicht ohne einen Blick ins Zimmer und auf das Bett zu werfen. Ich empfand das als eine ziemliche Frechheit.

Ich hatte jetzt Ruhe und Zeit und musste mir darüber klar werden, ob ich wirklich zu meiner Mutter wollte, die ich ja seit über zehn Jahren nicht mehr gesehen hatte. Eigentlich wusste ich ja nicht viel von ihr, nur dass sie, als ich noch klein war, mir eine gute und liebevolle Mutter gewesen war. Jedenfalls bis zu dem Zeitpunkt, wo sie mich in das Kinderheim gebracht hatte.

Mein letztes Zusammentreffen war ja in Frankfurt am Main, als ich sie dort gesucht und mit Hilfe eines Bunkerwarts auch gefunden hatte. Den Fliegeralarm, den Bombenangriff, all das hatte ich schon verdrängt oder vergessen. Ich war mir nicht mehr sicher, und die Angst schlich sich wieder bei mir ein. Warum hatte ich nicht wenigstens bis zum Frühling oder Sommer gewartet? Warum musste es gerade jetzt sein? Ich fand keine Antwort darauf. Was würde ich gegen meine Freiheit, die ich gerade gewonnen hatte, eintauschen? Große Zweifel überfielen mich.

Was hatte ich aufgegeben? Eine nette Familie, wie sie besser nicht sein konnte und die mich wie eine Tochter behandelt hatte. Einen kleinen, jetzt sechsjährigen Jungen, der ständig, aber liebevoll meine Aussprache korrigierte und dem ich eine große Schwester gewesen war. Einen Hund, der mich wenigstens zeitweise als Frauchen akzeptiert hatte. Drei schöne Jahre, in denen mich niemand beschimpfte, zerrte, schlug oder mit Füßen trat. Drei Jahre, in der meine kranke Seele heilen konnte. Ein Freund in der Backstube, der mir zugetan war und den ich gut leiden konnte. Was würde mich erwarten? Ich wusste es nicht. Ich setzte mich auf den Stuhl an dem viel zu schmalen Tisch, schlug die Hände vor mein Gesicht und weinte bitterlich. Ich konnte mich lange nicht beruhigen und kaute missmutig an einem meiner Wurstbrote herum. Dann ließ ich Wasser in die Wanne und nahm ein heißes Bad. Danach schlief ich noch einmal zwei Stunden.

Gegen Mittag trieb mich der Hunger aus dem Bett. Ich wusste, dass ich die üppigen Mahlzeiten, die ich bei Madame genießen konnte, vergessen musste. Ich würde mich wieder wie früher ernähren müssen. Ich zog mich an, verließ das Zimmer und suchte eine Bäckerei und ein Gemüsegeschäft. Ich kaufte ein paar Croissants, ein Baguette, ein paar Bananen, Äpfel und Apfelsinen. Bananen und Brot gegen den Hunger und Äpfel und Apfelsinen gegen den Durst. Ich brauchte aber unbedingt ein paar warme hohe Winterschuhe und ein ordentliches

Portemonnaie und ich überlegte, ob ich mir das auch leisten konnte. Was nützte mir ein schönes neues Portemonnaie, wenn nachher nichts mehr drin war. Den restlichen Tag blieb ich im Zimmer, schrieb je einen Brief an Reni und meine Mutter. Sie sollten beide wissen, dass ich jetzt unterwegs war. Reni würde sich an den Kopf fassen, das wusste ich genau.

Am Abend brachte ich die Briefe zum Postkasten und ging anschließend in das einzige Kino im Ort. Ich brauchte ein bisschen Ablenkung. Als ich aber aus dem überheizten Kino kam, war es draußen bitterkalt geworden. Ich konnte Kälte noch nie ausstehen und wunderte mich, dass ich mich überhaupt in dieser Jahreszeit auf den Weg gemacht hatte. Auf meinem Zimmer aß ich noch eine Kleinigkeit und legte mich dann schlafen.

Am nächsten Morgen ging ich in den Ort, um mir eine Karte aus der Region zu kaufen. Das kleine Hotel war nicht ausgebucht, ich glaube, das war es nie, und so ließ mich der Wirt freundlicherweise das Zimmer bis zum Abend nutzen. Darüber war ich natürlich sehr froh. Ich hatte trotz allem immer noch das Glück auf meiner Seite. Ich breitete die Karte auf meinem Bett aus und suchte die Stelle, wo ich am günstigsten über die Grenze gehen konnte. Wie das mit einem schweren Koffer funktionieren sollte. war mir noch ein Rätsel. Ich fühlte mich ein bisschen hilflos. Sollte ich vielleicht doch wieder umkehren? Sagen, es wäre alles nur ein Spaß gewesen. Madame hätte mich sicher wieder eingestellt. Nein, ich musste weiter und zwar schwarz über die Grenze.

Am späten Nachmittag, es war schon fast dunkel, und vom Himmel turtelte zaghaft der Schnee, gab ich den Zimmerschlüssel ab und verließ mit einem mulmigen Gefühl das Hotel. Diesem Monsieur in der Rezeption, wenn man das kleine Kabuffchen so nennen konnte, erzählte ich, dass ich den Personenzug nehmen wolle, um in Metz den Nachtzug zu erreichen. Ich wusste allerdings nicht, ob es in Metz einen Nahtzug geben würde in die Richtung, in die ich fahren wollte. Aber das war auch egal, da ich ja sowieso mit keinem Zug fahren wollte. Ich fuhr mit dem Bus nach Creuzwald und von da an war ich zu

Fuß unterwegs. Der Herr nickte nur freundlich und hängte den Schlüssel an das Schlüsselbord.

Noch bevor die Passkontrolle kommen konnte, stieg ich aus dem Bus, obwohl ich nicht wusste, ob man nach all den Jahren überhaupt noch kontrolliert wurde. Jetzt hieß es wieder marschieren. Als ich auf dem Hinweg unterwegs gewesen war, war es fast Sommer, es war warm und es war schön, meine Freiheit zu genießen. Jetzt aber war es Winter, es war Februar und es war bitterkalt. Der Schnee fiel immer dichter. So etwas Schönes wie damals würde ich auf diesem Weg bestimmt nicht mehr erleben.

Ein paar Leute waren mit mir ausgestiegen. Etliche spannten ihre Schirme auf und gingen ihrer Wege. Ich ging in Fahrtrichtung weiter und bald befand ich mich ganz allein auf der Straße. Nach einer halben Stunde verließ ich die Straße und ging einfach querfeldein. Mit meiner kleinen Taschenlampe, die auch die Kälte übel nahm und nur ab und an funzelte, schaute ich auf mein Notizblatt, welche Richtung ich einschlagen musste. Nur gut, dass ich Renis winzigen Kompass noch hatte. Sie schenkte ihn mir damals, als ich mich auf den langen Weg nach Paris machte. Er war nur klein, aber er funktionierte. Nur damals hatte ich ihn nie benutzt.

Trotz des dichten Schneefalls war es ein bisschen hell, und ich konnte gut sehen. Nun hatte ich allerdings bedenken, dass auch ich gesehen werden könnte. Wer aber wagte sich am Abend bei diesem Wetter aus dem Haus außer mir? Wahrscheinlich war ich ein bisschen verrückt.

Ich musste einen Graben überqueren, den ich auf der Karte wohl übersehen hatte. Ich sah vor lauter Schnee nicht, wie tief der Graben eigentlich war, und stand plötzlich bis zu den Waden im eiskalten Wasser. Mir stockte der Atem, und meinen Koffer hielt ich krampfhaft vor meine Brust. Da bereute ich meinen Schritt zum ersten Mal.

Ich warf zuerst meinen Koffer, dann meine Tasche auf die gegenüberliegende Böschung und fluchte leise vor mich hin. Auf allen Vieren kroch ich aus dem Graben und die Böschung hinauf. Dann zog ich den Koffer und die Tasche auf die schneebedeckte Wiese. Ich hatte das Gefühl, als frören mir die Füße in den Schuhen fest. Ich griff nach meiner Tasche, zog ein Reisehandtuch heraus und rubbelte mir, auf dem Koffer sitzend, die Beine und die Füße ab. Dann schlüpfte ich in die ausgewrungenen Strümpfe, wieder in die pitschnassen Schuhe und stopfte in aller Eile das Handtuch wieder in die Tasche. Ich war der festen Überzeugung, dass niemandem so etwas passieren konnte, nur mir. Die Schnürbänder meiner Schuhe ließen sich vor Nässe kaum noch binden.

Ich griff nach meinem Koffer und zog ihn über die Wiese. Es war wohl mehr ein Acker, denn ich stolperte mehr, als ich ging, aber ich ging tapfer weiter. Dann kam ich auf einen breiten Weg, der mich mitten durch einen Wald führte. Ab und zu sah ich auf meinen kleinen Kompass, um nicht die Richtung zu verlieren. Dann kam ich wieder auf eine andere Straße, die mich nach Lauterbach führte.

Ich musste schon etliche Stunden unterwegs gewesen sein und ich verspürte einen Hunger zum Gotterbarmen. Ich hatte schon fast kein Gefühl mehr in den Beinen, als ich erneut einen Wegweiser entdeckte: LUDWEILER-WARND. Bis dorthin aber waren es noch acht Kilometer. Die Grenze hatte ich also doch schon hinter mir. Das muss ich noch schaffen, dachte ich und zog meinen Schal fester um den Kopf. So erbärmlich hatte ich noch nie gefroren. Als ich aber an die nächste Kreuzung kam, hielt dort gerade ein Bus. Ich wusste nicht, ob es der letzte Bus am Abend oder der erste Bus am Morgen war. Mir war es egal und stieg ein. Endstation Völklingen, na, das passte doch. Ein paar Leute waren ausgestiegen, und mir war so, als wäre ich schon hundert Kilometer gelaufen. Ich bezahlte, setzte mich und rieb meine Beine. Meine Füße waren wie abgestorben, und meine Armbanduhr zeigte dreiundzwanzig Uhr.

In Völklingen wartete ich auf die Straßenbahn. Nach den schneebedeckten Schienen zu urteilen, war schon lange keine Straßenbahn mehr gefahren. Der Zug nach Saarbrücken fuhr erst in einer Stunde. Bis dahin bin ich tot, sagte ich laut und machte mich auf den Weg. In der Bahnhofsgaststätte saßen ein paar Männer mit Bier und Schnapsgläsern vor sich, und das war mir nicht geheuer.

Ich hätte ja nach Hause gehen können. „Da bewahre mich Gott vor“, sagte ich wieder laut. Ich dachte seit drei Jahren wieder mal an May und wünschte ihr eine so schöne Nacht, wie ich sie gerade hatte.

Bis Saarbücken waren es elf Kilometer, und ich spürte, wie meine Füße zu Eis gefroren. Mit dem Bauch voller Wut und allen Flüchen, die ich kannte, schlechte und noch schlechtere, raunte ich sie vor mich hin. Mein Mantel und der Schal über meiner Mütze waren schon zugeschneit, und ich sah aus wie Yeti persönlich. Damals wusste noch niemand etwas von Yeti.

In Saarbrücken kannte ich mich aus und ging zum Bahnhof. Der erste Weg führte mich zur Toilette. Dort zog ich meine nassen Schuhe und Strümpfe aus und wusch meine Beine und Füße mit kaltem Wasser ab. Ob das Wasser kalt oder warm war, merkte ich sowieso nicht. Meine Beine waren blau vor Kälte geworden. Meine Schuhe waren hart wie geleimt. Schnell rubbelte ich Füße und Beine warm und nahm aus meinem Koffer Strümpfe und Schuhe. Ach war das ein gutes Gefühl, trotzdem fror ich wie ein Schneiderlein. Meine Füße schwollen an, und die Schuhe wurden eng. Wäre eine Toilettenfrau da gewesen, oh, wie hätte sie sich gewundert, und erst meine Madame, wenn sie mich so gesehen hätte.

Ich betete zum Himmel, dass ich mir ja keine Erkältung zuziehe oder gar eine Lungenentzündung. Ich musste unbedingt Geld tauschen, um mir einen heißen Kaffee oder Tee kaufen zu können.

In diesem Moment hätte ich sonst etwas gegeben für ein heißes Bad oder ein Glas heiße Milch.

Nun erkundigte ich mich nach einem Zug nach Hamburg. Gegen zwei Uhr fuhr ein Zug, und ich hatte nur noch wenig Zeit. Ich wechselte mein Geld, kaufte mir im Wartesaal eine Brühe und aß mein letztes Stück Baguette dazu. Die Brühe war ein bisschen versalzen, aber schön heiß. Dann ging ich auf den

Bahnsteig und spazierte solange hin und her, vom Anfang bis zum Ende, bis der Zug eingesetzt wurde.

Der Zug war nicht sehr besetzt, und ich fand bald einen guten Platz in einem leeren Abteil. In einem Gepäcknetz lagen alte Zeitungen, die wahrscheinlich niemandem gehörten, und ich stopfte meine nassen Schuhe damit aus. Dann stellte ich sie unter meinen Platz an die Heizung. Meine Füße fingen angenehm zu kribbeln an. Als ich meinen Mantel ausgezogen hatte, merkte ich erst, wie durchgefroren ich eigentlich war. Ach, wenn meine Madame mich so gesehen hätte. Ich setzte mich in die Ecke am Fenster, zog meinen Mantel über die Schultern und schloss die Augen. Das gleichmäßige Rattern der Räder schüttelte mich in den Schlaf. Und noch jemand rüttelte:

„Die Fahrkarten bitte." Meine Uhr zeigte zwei Uhr dreißig. Aus meiner Tasche zog ich meine Fahrkarte und reichte sie verschlafen dem Schaffner hin.

„Sie kommen ja von weit her? Ihre Fahrt haben Sie unterbrochen?" Ich schaute den Kontrolleur fragend an.

„Das Datum", meinte er. Meine Fahrkarte hätte gerade noch Gültigkeit. Ich antwortete:

„Ja, ja, ich habe noch einen Besuch gemacht. Wer weiß, wann ich wieder in diese Gegend komme." Ich konnte ihm doch unmöglich die letzten zwei Tage erklären. Der gute Mann hätte sich an den Kopf gefasst. Mir fiel ein, dass ich darauf gar nicht geachtet hatte. Noch einen Tag länger in dem kleinen Hotel, und meine Fahrkarte wäre verfallen gewesen. Ach, wenn der Mann wüsste.

Ich steckte meine Fahrkarte wieder ein, lehnte mich in die Fensterecke zurück und dachte daran, wie gut doch das Frühstück bei meinen Chefs gewesen war. Ich vermisste jetzt schon das gute Brot, die warmen Croissants und den duftenden frischen Kaffee. Mag der Patron gewesen sein, wie er wollte, backen konnte er.

Schlafen konnte ich in meiner Ecke nicht mehr. Leute stiegen an den verschiedenen Bahnhöfen ein und aus. Mir war inzwischen gut warm geworden. Meine Füße schmerzten, und meine Schuhe waren getrocknet.

Nach etlichen Stunden kam endlich Hamburg in Sicht. Ich hangelte meinen Koffer aus dem Gepäcknetz, meine Winterschuhe unter dem Sitz hervor und entfernte das Papier. Ich zog die Halbschuhe wieder aus und verpackte sie in meinem Koffer. Die gefütterten Winterschuhe waren doch noch nicht ganz trocken. Sie waren jetzt auch ein bisschen eng und erzeugten ein komisches Gefühl an den Füßen. Im Waschraum kämmte ich meine Haare und setzte meine Mütze wieder auf. Mein Kopf sah in dem kaputten Spiegel viergeteilt aus. Ach ja, so ähnlich fühlte ich mich auch. Ich brachte in aller Ruhe meinen Koffer zum Ausstieg, und es dauerte noch eine Weile, bis der Zug im Bahnhof einlief. Ich fühlte mich jetzt doch ziemlich wackelig auf den Beinen. Außerdem war ich damals auch noch ein bisschen einfältig und fragte den Schaffner, der noch einmal vorbei kam, wo ich am besten über die Grenze und hinter den EISERNEN VORHANG gehen könnte. Er meinte:

„Fahren Sie mal am besten gleich weiter. Auf dem Bahnsteig gegenüber fährt ein Zug nach Lübeck. Dort erkundigen Sie sich dann noch mal." Ich stieg aus. Der Anschlusszug wartete, und ich erwarb eine Fahrkarte nach Lübeck im Zug. Die Fahrt nach Lübeck dauerte nicht lange, und mein Magen knurrte verdächtig.

In Lübeck angekommen suchte ich zuerst den Wartesaal auf. Nur wenige Leute saßen an einzelnen Tischen, und ich bestellte mir etwas Warmes zu essen. Vor dem Bahnhof kaufte ich mir ein paar Brötchen und etwas Obst und machte mich auf den Weg. Ein Herr, der am Nebentisch gesessen hatte, erklärte, dass ich am besten bei Herrenburg über die Grenze käme. Ich fuhr also ein Stück mit dem Bus und dann war ich wieder zu Fuß unterwegs. Hätte mir jemand Kilometergeld gezahlt, wäre ich ein reiches Mädchen geworden.

Ich fand einen Bahnschuppen, weit und breit keine Häuser mehr. Ein Mann in einer abgetragenen Uniform der Reichsbahn hantierte mit Schaufel und Besen und fegte den Schnee, der in der vergangenen Nacht reichlich gefallen war, vor dem Schuppen weg. Der Schnee lag etwa sechs Zentimeter hoch und glitzerte im Sonnenlicht. Die Sonnenstrahlen empfand ich als angenehm, obwohl es sehr kalt war.

Mit diesem Mann unterhielt ich mich ein paar Minuten, und er wollte alles ganz genau wissen. Ich wollte ihm aber nicht alles ganz genau erzählen. Ich sagte nur, dass ich zu meiner Mutter wollte und sonst nichts.

„Warum fahren Sie denn nicht mit der Bahn?" fragte er.

„Erstens habe ich nicht die Papiere, die notwendig sind, und zweitens habe ich kein Geld." Wenn das auch nicht die ganze Wahrheit war, aber was ging es diesen Mann schon an.

„Wenn Sie dahin gehen, kommen Sie nie wieder heraus. Man hat schon so allerhand gehört", meinte er und schüttelte seinen Kopf, auf dem eine abgenutzte Eisenbahnermütze thronte, die gleich in den Nacken zu rutschen drohte.

Ich hatte mir den EISERNEN VORHANG ganz anders vorgestellt: mit dicken Eisenstäben, einem festen unüberwindlichen Zaun und einem richtigen Eisentor. Ich sah aber nur einen verkommenen Maschendrahtzaun, der auch noch ein Stück durchlässig war. Nun verstand ich, dass der Ausdruck EISENER VORHANG nur symbolisch gemeint war, was sich aber mit den Jahren gründlich änderte. Ich wollte jedenfalls mein Glück versuchen und nicht den alten Mann unterhalten und dabei auch noch frieren. So kurz vor der Haustür wollte ich auf keinen Fall umkehren. Nein, ich hatte viel zu viel mitgemacht, als dass ich mich jetzt auf dem Absatz umdrehen würde und sagen, na, das war es dann wohl, Mutter, hin oder her. Oh nein, dieser Mann kannte mich nicht, schon gar nicht meinen Dickkopf.

„Also gut, gehen Sie nur. Sie werden schon sehen, was Sie davon haben", sagte er plötzlich und rückte endlich seine Mütze zurecht. Er war etwa fünfzig Jahre alt und schon stark ergraut. Er schob seine Haare unter seine Mütze. Dann fiel der Besen um.

„Gehen Sie nur an den Bahnschienen lang, dann sind Sie eher drüben, als Ihnen lieb ist", rief er mir hinterher. Ich dachte, nein, Bange machen gilt nicht.

Ich überlegte nicht mehr lange. Ich wollte endlich ankommen. Den Gleisen sah ich an, dass hier schon lange kein Zug mehr gefahren sein konnte. Nur der Wind hatte an ein paar Stellen den Schnee von den rostigen Schienen frei geputzt.

Ich machte mich, so ahnungslos und dumm wie ich damals noch war, auf den Weg. Ich hätte vor Müdigkeit umfallen können, aber der Gedanke, bald bei meiner Mutter zu sein, hielt meine Sinne wach und trieb mich vorwärts. Ich wunderte mich zwar, dass ich ungehindert durch den Zaun gehen konnte, ging aber immer den Gleisen nach. Es war bald Mittag. Nach zweihundert Metern rief mich jemand an:

„Halt! Stehen bleiben!"

Mir fuhr der Schrecken durch alle Glieder, und ich blieb auf der Stelle stehen. Es waren zwei Grenzsoldaten, die mich höflich, aber bestimmt in Empfang nahmen. Sie verlangten meinen Ausweis.

„Ich habe keinen Ausweis, sonst würde ich nicht bei der Kälte durch den Schnee stapfen, sondern im Zug sitzen." Auf die Fragen, woher, wohin und warum, antwortete ich genauso kurz. Ich hatte den Eindruck, als hätten die beiden Herren schon auf mich gewartet. Der eine zerrte mir den Koffer aus der Hand, und der andere zog mich ziemlich unwirsch die Bahnböschung hinunter. Von da an durfte ich meinen Koffer wieder selbst tragen.

Wir gingen etwa einen halben Kilometer, und das Eis in dem ausgefahrenen Weg knarrte unter unseren Schritten. Kleine Schneebröckchen fielen von den Bäumen, die am Wegesrand standen, und glitzernde Wölkchen wirbelten durch die Sonnenstrahlen. Der Wind hatte etwas aufgefrischt und trieb lange, filigrane Schneeschleier vor sich her über die Wiesen.

Ich musste in ein Militärfahrzeug einsteigen, das hinter einer Wegbiegung auf der Straße stand. Ich wurde zur Vernehmung gebracht. Der Wagen holperte über das Kopfsteinpflaster und hielt vor einem alten, grauen Gebäude an. Ich durfte aussteigen und wurde dann in diesem Haus in einen großen Raum gebracht. Dort wurde ich nach meinem Woher und Wohin gefragt und musste meinen Koffer auspacken. Ich wusste nicht, wonach sie suchten. Was es auch immer gewesen sein mochte, ich hatte es nicht. Sie fragten nach den Fotos, die ich bei mir hatte, und ich erklärte alles ganz genau, welche Gebäude und welche Menschen darauf zu sehen waren. Fünf Soldaten standen um den Tisch herum und sahen mich mitleidig an, als wollten sie sagen, wie kann man nur so blöd sein. Kommt aus einer Stadt, wo sogar ihre Herzen höher schlagen würden, wenn sie doch nur dürften, und will nach Vorpommern. Wie kann man nur, und das am helllichten Tag.

Zwei Stunden dauerte das Verhör, aber meine Angaben waren wohl nicht so wichtig. Von meinen Sachen wurde nichts beschlagnahmt. Dann wurde ich mit samt meinem Koffer wieder auf das Fahrzeug verfrachtet und anstatt zum nächsten Bahnhof, wie ich es eigentlich erwartet hatte, wieder an die Grenze gebracht. Ich musste noch ein Stück zu Fuß gehen, und zwei Grenzsoldaten begleiteten mich bis zu den Bahngleisen, wo ich hergekommen war. Genau an dieser Stelle hatten sie mich festgenommen. Die beiden Grenzer belächelten mich mitleidig. Ich ging ohne Gruß ärgerlich weiter und schleppte meinen Koffer wieder durch den Maschendrahtzaun. Nun stand ich wieder vor dem Bahnschuppen. Dort stellte ich meinen Koffer ab und setzte mich darauf. Der Eisenbahner, der mich gewarnt hatte, war schon nach Hause gegangen.

Ich war müde und hungrig, und kalt war mir auch. Nicht einmal eine Tasse Kaffee oder heißen Tee hatten sie mir angeboten, aber immer wieder die gleichen Fragen gestellt. Niemand konnte oder wollte verstehen, dass ich nur zu meiner Mutter wollte. Ich nahm ein Brötchen aus meiner Tasche und kaute missmutig darauf herum. Dann rauchte ich eine Zigarette. Es war die erste an diesem Tag und sie schmeckte auch danach. Ich wurde das Gefühl nicht los, dass ich immer noch beobachtet wurde. Da keine Häuser in der Nähe standen, konnten es nur die beiden Grenzsoldaten sein. Vielleicht dachten sie, dass ich gleich wieder umkehre. Da konnten sie aber lange warten. Dass ich die Toilette benutzen durfte, war das Einzige, was sie mir zugestanden hatten. Inzwischen hatten sie bestimmt meine Tasche durchsucht.

Ich sehnte mich nach einem heißen Getränk. Eigentlich hätte mir das eine Warnung sein müssen, obwohl diese Leute human mit mir umgegangen waren. Dankbar hätte ich meinem Schicksal sein müssen. Ich hätte zurückfahren sollen bis in meine Heimatstadt, mir meine Papiere besorgen und wieder nach Paris fahren sollen. Ich aber gab nicht auf. Die Vernunft hatte verloren, und der Dickkopf hatte gesiegt. Trotzig warf ich meinen Kopf in den Nacken, so, nun erst recht. Bisher hatte ich alles bewältigt, das würde ich auch noch schaffen.

Bis zur nächsten Bushaltestelle war es noch weit, und mein Koffer schien immer schwerer zu werden. Meine Kräfte ließen mich fast im Stich. Ich hatte in den letzten vierundzwanzig Stunden nicht geschlafen, und mein Rücken schmerzte gewaltig, von meinen Füßen gar nicht zu reden. Auf halbem Weg hielt ein Autofahrer neben mir. Ich zögerte nicht lange und fuhr mit dem Ehepaar bis Lübeck. Sie brachten mich sogar bis zum Bahnhof. Dieses Paar, es war vielleicht vierzig Jahre alt oder auch etwas älter, elegant gekleidet, riet mir, zur Bahnhofsmission zu gehen, meine Sachen in Sieben-Kilo-Paketen zu packen und diese dann an meine Mutter zu schicken. Der Koffer würde mir immer nur im Weg sein.

Ich bedankte mich fürs Mitnehmen und für den guten Rat. Dann suchte ich die Bahnhofsmission auf. Ich zögerte immer noch ein bisschen, ob ich mich nicht einfach wieder in den Zug setzen und wieder dahin fahren sollte, wo ich hergekommen war. „Nein“, sagte meine innere Stimme. „Du bist bis hierher gekommen, du kommst auch noch weiter. Wenn es dir nicht gefällt, kannst du immer noch abreisen. Jetzt bringe erst einmal das hier zu Ende und sei nicht im letzten Moment noch feige.“

In der Mission brachte ich mein Anliegen vor, und die Frauen in der Mission kannten sich aus. Sie brachten mir Kartons, Bindfaden und Aufkleber. Eine nette ältere Frau lieh mir ihre Adresse als Absender. Ich sagte zu ihr, wenn die Pakete zurückkämen, dann könne sie alles behalten, dann wäre sowieso alles aus. Sie erklärte mir den Weg zur Post, lieh mir ein Wägelchen, es war schon fast zu spät. Dann schrieb ich in aller Eile einen Brief an meine Mutter und erklärte ihr den Absender.

Als ich von der Post zurückkam, erzählte ich den Frauen mein Erlebnis vom Vormittag, und sie schüttelten nur die Köpfe, aber sie machten mir Mut. An der Grenze wären manchmal Studenten, die für ein kleines Entgelt Leute über die Grenze brächten.

Ich bekam von den Frauen eine warme Mahlzeit, und über die heiße Milch freute ich mich am meisten. Ich durfte zwei Stunden auf einem Feldbett schlafen, bekam dann noch eine Tasse frischen Kaffee und zwei Scheiben Brot mit Leberwurst. Ich konnte Leberwurst noch nie ausstehen, aber an diesem Abend empfand ich die Leberwurst köstlich.

Jetzt hatte ich nur noch meine kleine Reisetasche mit Nachtzeug, Waschzeug, Brötchen, zwei Äpfeln und einer angebrochenen Schachtel Zigaretten. Ich bedankte mich herzlich bei den beiden freundlichen Frauen und wollte gerne für ihre Hilfe bezahlen. Sie stellten mir aber nur ihre Spendenbüchse hin, und ich steckte einen Schein im Wert von zwanzig Mark hinein. Das war das Mindeste, was ich wohl geben sollte, und das Höchste, was ich geben konnte.

Nun machte ich mich wieder auf den Weg, verließ den hell erleuchteten Bahnhof und fuhr eine Strecke mit dem Bus. An der gleichen Stelle wollte ich nicht mehr über die Grenze gehen. Der Schneematsch knirschte unter den Rädern, und die Straßenlaternen spendeten nur fahles Licht. Nach ein paar Stationen, dort, wo die Häuserlücken immer größer wurden, stieg ich aus. Ich ging zu Fuß weiter und fand am Ende der Straße eine etwas abgelegene, im halbdunkel liegende Gaststätte. Ich ging hinein und bestellte mir einen Kaffee. Der Wirt musterte mich von oben bis unten. Außer mir war nur noch ein junger Mann zu Gast, der an einer Cola nippte. Der Wirt hatte alles unnötige Licht ausgeschaltet, aber sein Kaffee schmeckte ausgezeichnet. Hinter der Gaststätte schloss sich eine Kegelbahn an, und der Wirt wartete auf die Kegelbrüder.

Der junge Mann war etwa fünfundzwanzig Jahre alt und nach einem kurzen Gespräch bot er mir an, mich über die Grenze zu bringen. Der Wirt bestätigte, dass der junge Mann sich bestens auskenne. Ich fragte vorsichtshalber was er dafür verlange und er sagte:

„Das machen wir dann, wenn wir drüben sind."

Ich traute dem Frieden nicht so recht, willigte aber trotzdem ein. Auf den Gedanken, dass er mir vielleicht etwas antun könnte, kam ich gar nicht. Ich schaute immer voller Vertrauen in diese böse Welt. Trotzdem, irgendetwas warnte mich, aber der Wirt meinte, ich könne mich auf ihn verlassen. Gegen einundzwanzig Uhr brachen wir auf. Ich bezahlte meinen Kaffee, es waren inzwischen drei Tassen geworden, und zwei Cola und drei Korn für den jungen Mann.

Der junge Mensch führte mich über Wiesen und Äcker, dann kletterten wir über einen Zaun. Ich fror erbärmlich und war froh, kein lästiges Gepäck mehr bei mir zu haben. Dann blieb Manfred, so hatte er sich vorgestellt, plötzlich stehen, und ich dachte, ich sei jetzt über die Grenze gegangen. Er gab einen gurrenden Laut von sich, und mich überfiel die Angst. Dann pfiff er zweimal kurz durch die Zähne. Ich traute meinen Ohren nicht. Ich war so entsetzt, als ich dann noch den Pfiff von der anderen Seite hörte, dass ich nicht im Stande war, einfach wegzulaufen. Mir schienen die Sinne einzufrieren. Er hatte mich direkt in die Arme der Grenzsoldaten geführt. Sicher hatte er sich so eine schöne Prämie verdient.

Vier Männer in Uniform kamen, wie aus dem Erdboden gekrochen, auf uns zu. Manfred bot den Soldaten Zigaretten an und ging mit zweien davon. Jetzt noch wegzulaufen, wäre purer Unsinn gewesen. Mir war so kalt geworden, dass ich gar nicht hätte weglaufen können, ohne mir die Beine zu brechen. Die beiden anderen Soldaten nahmen mich unsanft an beiden Oberarmen und führten mich durch knarrende Eispfützen zu ihrem Gefährt. Sie brachten mich zu ihrer Grenzstation. Mir schien diese Fahrt fürchterlich lang zu sein. Plötzlich war ich wieder dort, wo ich schon am Vormittag gewesen war. Dasselbe graue Haus, dieselben Gesichter wie am Vormittag.

Ich wurde wie eine alte Bekannte begrüßt. Als man mich wiederum zum Verhör brachte, sah ich in einem der Räume den jungen Mann sitzen und eine dampfende Suppe löffeln. Ich dachte mir im Stillen, na, so ein Holzbock, aber wer weiß, wozu es gut war. Ich hatte gar nicht bedacht, was mir hätte passieren können. Es war schon fast Mitternacht, als ich verhört wurde, gerade so, als hätte sich in den vergangenen Stunden die Welt verändert. Sie wollten noch einmal alles ganz genau wissen, aber auf Manfred kam niemals die Rede.

Sie vermissten meinen Koffer und wollten wissen, was ich damit gemacht hätte. Sie benahmen sich, als wäre das ein staatsbedrohender Akt.

„Sie geben wohl nie auf?“, wollte einer der Offiziere wissen.

„Nein“, antwortete ich, „auch nicht vor einem wilden Pferd.“

Sie notierten diesen Ausdruck sofort. Ich hatte das nur so dahergesagt, weil einer der Verhörer ein Gesicht wie ein Pferd hatte.

Mir wurde dann im Keller eine düstere Zelle zugewiesen. Keine Toilette, kein Waschbecken, nur ein Kachelofen ohne

Kacheln und ohne Feuer. Eine metallene Pritsche mit einer hauchdünnen, matratzenähnlichen Auflage und einer Wolldecke, zu der man besser nicht du sagte, zierten den Raum. Ich konnte auch kein Fensterchen entdecken. Mir war in dieser Nacht sowieso alles egal, Hauptsache, ausruhen und ein bisschen schlafen. Ach, wenn meine Madame mich so gesehen hätte.

Ich setzte mich auf das Vehikel von Bett und zündete mir eine Zigarette an. Genau in diesem Moment wurde das Licht abgeschaltet.

Müde legte ich mich nieder und deckte mit der nach Desinfektionsmittel riechenden Decke meine Beine zu. Die Decke fühlte sich feucht an. Meinen Mantel legte ich mir über den Körper. Wie ich es auch ausprobierte, es reichte nie, mich richtig zuzudecken, und ich fror erbärmlich. Zusammengerollt wie ein Rollmops versuchte ich zu schlafen. Meine Tasche diente mir, wie schon so oft, als Kopfkissen. Meine Füße waren eiskalt, und meine Blase drückte entsetzlich. Ich stand wieder auf, ging zur Tür, die natürlich verschlossen war. Laut klopfte und rief ich an der Tür, aber niemand meldete sich. Ich fluchte, was das Zeug hielt, denn noch niemals war ich in einer solch prekären Lage. Mit einem brennenden Streichholz suchte ich in der Zelle nach einem Eimer oder einem anderen Gefäß. Meine letzte Hoffnung war der Kachelofen, und leise schraubte ich die Ofentür auf. Zu meinem Glück hatte der Ofen einen leeren Aschekasten. Diesen zog ich zaghaft heraus und verrichte darin meine Notdurft. Ich betete zu Gott und zu all jenen, die eventuell für solche Notfälle zuständig sein konnten, dass niemand in diesem Moment die Zellentür öffnen würde. Was sollte ich sonst tun? Einfach in die Zellenecke urinieren? Dann schob ich den Kasten vorsichtig in den Ofen zurück und schraubte erleichtert die Ofentür wieder zu. Zurück auf dem Bett schlief ich dann endlich ein.

Nach etwa zwei Stunden wurde meine Zellentür wieder geöffnet, das Licht eingeschaltet, und ich wurde zum Verhör geholt. Meine Vermutung, dass nachts alle Menschen schlafen, war also falsch.

Ein Grenzsoldat führte mich in einen Raum, den ich schon kannte und in dem es schön warm war. Ein anderer bot mir etwas zu essen an, und aus der Zigarettenschachtel durfte ich mich auch bedienen. Der Kaffee ließ viel zu wünschen übrig, aber er war wenigstens schön heiß.

Ich konnte mir denken, dass ich nicht geweckt worden war, um etwas zu essen. Nein, es folgte wiederum ein Verhör. Dass es diesen Leuten nicht über wurde, mir immer wieder dieselben Fragen zu stellen, verstand ich auch nicht. Die harmloseste Frage war, warum ich nicht dort geblieben war, wo ich herkam? Das fragte ich mich langsam auch und ich hätte nichts dagegen gehabt, wenn sie mich in diesem Moment wieder an die Grenze gebracht hätten. Mein Geld hätte noch für eine Fahrkarte oder etwas mehr gereicht. Die blödeste Frage war, was ich mit dem wilden Pferd gemeint hätte? Wahrscheinlich hatten sie sich den ganzen Abend darüber den Kopf zerbrochen und die Gehirne zermartert. Das Pferdegesicht saß wieder neben dem Fragesteller. Ich zeigte mit dem Kopf in dessen Richtung. Der fragende Offizier sah seinen schreibenden Nebenmann an und grinste.

„Na, lassen wir das", sagte er plötzlich, und ich fragte mich wirklich, wie er seinem Kollegen diesen Ausdruck erklären würde. Das war aber nicht mein Problem, ich hatte andere Sorgen. Er musste ihm aber eine Nettigkeit über den Ausdruck gesagt haben, denn fortan war dieses Pferdegesicht die Freundlichkeit in Person. Ich überlegte, ob denn diese Leute niemals schlafen, denn für sie konnte doch meine Angelegenheit nicht so wichtig sein. Sie wollten nur noch Belangloses von mir wissen. Ich wartete auf die Frage, wie denn gerade das Wetter draußen sein könnte. Mir wurde jetzt klar, dass man mich nur wegen des wilden Pferdes aus dem Schlaf geholt hatte.

Nach dem Verhör wurde ich wieder in den übel riechenden Keller gebracht. Bevor die Tür verschlossen wurde, erbat ich mir noch den Gang zur Toilette. Derselbe Wachmann, der mich abgeholt hatte, schloss mich dann auch wieder ein. Bevor ich noch das Bett erreicht hatte, schaltete er das Licht wieder aus. Ich verfluchte ihn und nannte ihn leise Hundesohn. Ich mummelte mich wieder in meinen Mantel und schlief bald ein. Um fünf Uhr morgens wurde ich schon wieder aus der Zelle geholt. Der Wachmann, den ich nun schon kannte meinte:

„Ja, ja, so machen wir das mit Spionen."

Ich musste trotz meiner Müdigkeit laut lachen. Ich sagte, dass sie sich allesamt irren, wenn sie eine Mata Hari in mir vermuteten. An seinem Gesichtsausdruck konnte ich erkennen, dass er nicht wusste, wer Mata Hari war. Ich wollte nur endlich zu meiner Mutter, sonst nichts. Ich verstand nicht, wieso das niemand begreifen wollte. Ich dachte, wenn die schon wegen eines wilden Pferdes aus dem Takt kommen, was würden sie dann erst tun, wenn sie einen richtigen Spion vor sich hätten.

Als ich den mir schon bekannten Raum betrat, befragte mich das Pferdegesicht. Vielleicht aber hatte er auch einen Zwillingsbruder. Vielleicht tat er auch Dienst rund um die Uhr. Er war sehr freundlich, und ich traute dem Frieden nicht. Die Befragung dauerte zwei Stunden einschließlich einer Kaffeepause. Inzwischen kannten sie fast mein ganzes Leben. Der Zigarettenrauch kratzte in meinem Hals. Solch starken Tobak war ich nicht gewöhnt.

Nach der Befragung wurde ich nicht wieder in den Keller gebracht, sondern in einen Raum unter dem Dach. Ich erkannte sofort, dass es sich hier um eine Nähstube handelte. Zwei Nähmaschinen standen drin und ein großer Zuschneidetisch. Drei Stühle standen herum, und für mich brachte jemand Matratzen, Decken und Bettlaken herauf. Ich begriff, und es brauchte mir niemand zu sagen, dass dieser Raum für die nächste Zeit meine Unterkunft sein sollte. So war es dann auch, und niemand holte mich mehr zum Verhör. Das war im Februar 1950.

Um acht Uhr wurde ich einem älteren Ehepaar vorgestellt. Die beiden Leutchen waren nicht gerade begeistert von mir, freuten sich dann aber doch, als sie sahen, dass ich mit einer

Nähmaschine umgehen konnte. Sie legten mir leichte Flickarbeiten an Uniformen hin, und ich verdiente mir damit mein Essen. Ich wünschte mir den Sommer unter den Brücken zurück, wo ich mich frei und glücklich gefühlt hatte, immerhin war das doch noch besser als in dem stinkigen Keller, in einer muffigen Zelle zu sitzen und in den Aschekasten zu pinkeln.

Der alte Herr redete nicht viel, aber seine Frau stellte mir dieselben dummen Fragen wie die Befrager zuvor. Ich erklärte ihr, dass ich nicht mehr sagen könne, als was ich schon bei den Verhören gesagt hätte. Warum mich denn niemand verstehen wolle oder könne. Ich wolle ganz einfach nur zu meiner Mutter. Wahrscheinlich hatte man die alte Frau beauftragt, mich auszuhorchen, so von Frau zu Frau. Was sollte ich ihr denn anderes erzählen? Selbst wenn noch etwas anderes gewesen wäre, hätte ich es nicht gesagt.

Nachts wurde ich in der Nähstube eingeschlossen wie eine Gefangene, die ich ja eigentlich auch war.

„Zu Ihrem eigenen Schutz", meinte der alte wortkarge Mann am Abend und zeigte mir den Schlüssel. Dann schloss er ab und ging mit seiner Frau nach Hause. Ich verstand, Soldaten sind eben auch nur Männer. Zuvor hatte mir die freundliche Frau noch eine Kanne mit sauberem Wasser, eine Waschschüssel und einen Eimer gebracht. Für den Eimer war ich besonders dankbar, wie sich sicher jeder denken kann.

Vor allem konnte ich mich mal wieder gründlich waschen. Ich hatte immer noch den muffigen Kellegeruch an mir, und die Uniformen, die an einer Kleiderstange hingen, waren zwar gereinigt, dufteten aber trotzdem nicht gerade nach der Kölner Glockengasse. Ganz zu schweigen von den russischen Zigaretten, die der alte Herr zu rauchen pflegte.

Abends fegte ich die Nähstube aus, zur Freude der alten Dame, die mir morgens das Frühstück brachte. Ich rauchte noch eine Zigarette, lüftete gründlich, legte mich dann auf die Matratze auf den Boden und schlief bald wie ein Engelein. Auf meine Frage, warum ich so lange festgehalten würde, sagte einer der Offiziere:

„Sie müssen Geduld haben, es wird schon werden."

So vergingen vierzehn Tage, und ich wollte schon bitten, mich wieder an die Grenze zu bringen. Ich hatte es langsam satt und wollte nicht bis in alle Ewigkeiten dort oben in der Nähstube kampieren. Die einzige frische Luft, die ich hatte, bekam ich durch das offene Fenster am Abend und am Morgen. Es konnte doch nicht so lange dauern, Erkundigungen einzuziehen oder meine Mutter zu benachrichtigen. Außerdem wusste meine Mutter doch schon lange, dass ich unterwegs war. Die Pakete und der Koffer mussten doch schon längst eingetroffen sein. Warum musste ich nur so lange da oben hocken? Man sagt ja immer, Gottes Mühlen mahlen langsam, aber die Mühlen dieser Grenzbehörden schienen hundert Jahre zu benötigen.

Eines Tages wurde die Tür geöffnet und einer der Befrager stand mit meiner Mutter in der Tür. Hinter ihnen grinste das Pferdegesicht. Ich fühlte mich wie vom Blitz getroffen. Es war tatsächlich meine Mutter, und ich sprang von meinem Stuhl auf. Sie hatte sich all die Jahre nicht verändert, nur blass vor Aufregung, und sie schien sehr gealtert. Ich rannte zur Tür und in ihrer Umarmung weinte ich wie ein Kind. Auch meine Mutter weinte bitterlich. Sie hielt mich wie ein Kleinod umschlungen.

Die beiden Offiziere schauten sich an, als verstünden sie nichts. Wahrscheinlich hatten sie noch nie zwei weinende, sich umarmende Frauen gesehen. Meine Mutter sagte unter Tränen:

„Wir haben uns schon über zehn Jahre nicht mehr gesehen. Ich wusste lange Zeit nicht, wo meine Tochter sich aufhält."

„Warum haben Sie denn das nie gesagt?" fragte das Pferdegesicht.

„Sie haben mich nie danach gefragt. Hätte denn das etwas geändert?"

Ich wollte meine Mutter am liebsten gar nicht mehr loslassen. Der Offizier drehte seine Augen gegen den Himmel und ließ uns dann in der Tür stehen. Wir wussten im Moment nicht, wie wir miteinander umgehen sollten. Welch eine Tragödie.

Auch der alten Dame liefen die Tränen über das Gesicht, und ich erfuhr, als ihr Mann den Raum verlassen hatte, unter dem Siegel der Verschwiegenheit:

„Meine älteste Tochter lebt in Wiesbaden. Mein Mann hat sie deshalb totgesagt. Ich musste jegliche Verbindung mit ihr abbrechen, so, als würde sie gar nicht existieren. Das ist so belastend für mich. Bitte sagen Sie niemandem, dass ich Ihnen das erzählt habe." Das war sehr bitter und ich verstand jetzt auch, warum die Frau weinte.

Ich umarmte die bemitleidenswerte Frau zum Abschied, packte meine Tasche und versprach, den Mund zu halten.

„Wären Sie doch nur dort geblieben, wo Sie hergekommen sind", waren ihre letzten geflüsterten Worte, als sich die Tür öffnete und ihr Mann wieder herein kam. Seine Augen waren gerötet, und er putzte umständlich seine Brille. Sicher wusste er, wie sich seine Frau jetzt fühlte. Er nickte nur, als er an mir vorbei ging, was wohl Auf Wiedersehen bedeuten sollte. Wenn mich meine Madame so gesehen hätte. Ich wusste auch gar nicht, ob ich ihr das alles schreiben durfte nach dem, was ich jetzt gehört hatte.

Jetzt konnte ich meine Mutter erst richtig anschauen. Sie trug einen Mantel, den sie sich aus einer grauen Wolldecke elegant genäht hatte. Sie machte auf mich einen erbärmlichen Eindruck. Ich konnte ja nicht wissen, was meine Mutter noch alles mitgemacht hatte. Zweimal in Frankfurt am Main ausgebombt, dann mit den Kindern, nur mit ein paar Sachen zum Anziehen in den kleinen Ort in Vorpommern, in den Heimatort ihrs Mannes gefahren, um dort vor den Fliegerangriffen sicher zu sein. Dann der Einmarsch der russischen Armee. Das war für meine herzkranke Mutter einfach zuviel gewesen. All das erfuhr ich von meiner Mutter so nach und nach und mit der Zeit. Ich aber war erst einmal glücklich. Ich hatte endlich meine Mutter wieder und hatte mein Ziel erreicht.

Wir verabschiedeten uns von den Offizieren, mussten noch ein Schriftstück unterzeichnen, dann brachte man uns mit einem Militärfahrzeug zum Bahnhof. Wir fuhren mit dem Zug und hatten uns sehr viel zu erzählen. Ich erinnerte mich, dass meine Mutter gerne lachte, und ich erzählte ihr die Geschichte mit dem Kachelofen in der Zelle. Zuerst machte meine Mutter große und erschrockene Augen, aber dann, nach ein paar Minuten, hielt sie sich die Seiten vor Lachen.

„Jetzt kommt wieder Frohsinn in mein Leben", sagte sie und lachte immer weiter.

Zuerst verstand ich meine Mutter nicht, als wir aber am Abend im Bett lagen, lachten und weinten wir gemeinsam noch die halbe Nacht, so dass die Kinder nicht schlafen konnten.

Am nächsten Morgen packte ich die Pakete aus. Als erstes gab ich meiner Mutter ein Stück Fliederseife. Ich konnte nicht verstehen, dass sich jemand über ein Stück Fliederseife so freuen konnte. Da meine Mutter die gleiche Größe und Figur hatte wie ich, teilte ich redlich meine Kleidung mit ihr. Meine Mutter warnte mich immer, wenn ich sagte:

„Ach, wenn das meine Madame wüsste. Was die wohl dazu sagen würde?"

„Schreib lieber nichts von alledem. Du wirst nur Ärger bekommen. Schreib auch nichts an Reni. Am besten, du brichst alle Brücken hinter dir ab."

Ich schrieb aber doch an meine Madame, allerdings nur, dass ich endlich angekommen war. Ich steckte ein Foto, auf dem ich mit meiner Mutter zu sehen war, in den Brief und schrieb, dass ich Sehnsucht nach Paris hätte. Sie würde schon verstehen, was ich damit sagen wollte, dachte ich. An Reni schrieb ich den gleichen Text, bekam aber von beiden nie eine Antwort. Ob meine Madame geantwortet hat, kann ich nicht mit Bestimmtheit sagen, aber Reni hatte bestimmt geschrieben.

Für mich begannen ein neuer Lebensabschnitt und eine sehr schwere Zeit. Ohne Papiere konnte ich keine Arbeit bekommen, ohne Arbeit kein Geld und keine Wohnung. Dieser

Kreislauf schien keinen Anfang und kein Ende zu haben. Das Geld war die leidigste Geschichte überhaupt. Mein Geld war bald aufgebraucht. Es reichte nur für ein paar Wochen. Ich verspürte die größte Lust, wieder abzureisen. Warum hatte ich mir nur diese Strapazen auferlegt? Oft dachte ich, hätte ich doch nur auf Madame oder Reni gehört. Ich ärgerte mich fast täglich aufs Neue. Wie sollte ich aber ohne Geld zurückreisen? Wieder zu Fuß, wieder unter den Brücken schlafen? Wieder irgendwo um warme Milch bitten? Nein, noch einmal wollte ich das nicht durchstehen. Aber irgendetwas musste passieren. Oft weinte ich in einer stillen Ecke und verfluchte die ganze Welt, am meisten aber May, die an allem die Schuld trug.

Bestanden

Nach acht Wochen machte ich meinem Ärger Luft. Hie und da ein paar Mark für Änderungen, nein, so konnte das nicht weitergehen. Ich fing an, ein paar Kleidungsstücke und Schmuck für ein paar Mark zu verkaufen, auch die guten warmen Winterschuhe, nur um etwas zum Haushalt beizutragen. Zum Schluss war nur noch so viel von meiner Kleidung übrig, was in meine Reisetasche passte. Es konnte doch nicht so schwierig sein, mir einen Personalausweis auszustellen.

Bei dem Rat der Stadt riet mir jemand, erst einmal einen politischen Lehrgang zu machen, dann könnte man ja weitersehen. Meine Mutter riet mir, an dem Lehrgang teilzunehmen.

„Was du denkst, musst du für dich behalten. Mach einfach mit. Die vierzehn Tage werden dich nicht umbringen."

Es war mir peinlich, meiner Mutter auf der Tasche zu liegen, also machte ich den Lehrgang. Was noch schlimmer war, ich bekam auch keine Lebensmittelkarten. Daran musste ich mich auch noch erst gewöhnen. Ich fühlte mich sowieso ins letzte Jahrhundert versetzt. Ich hatte schon seit Jahr und Tag keine Lebensmittelkarten mehr gesehen.

Es war inzwischen Juni geworden. An einem schönen Sonnentag ging ich mit meiner Mutter ins Torfmoor, um getrockneten Torf zu holen. Auf Zuteilung, versteht sich. Den Handwagen, der über das Kopfsteinpflaster rumpelte, hinter uns herziehend, gingen wir gemächlich durch die Sträßchen des kleinen Ortes, wohin es meine Mutter während des Krieges verschlagen hatte. Vorbei an dem Rathaus aus roten Backsteinen, wo Wohnungsamt, Bürgermeisteramt, Standesamt und die allgegenwärtige Polizei ihr Domizil hatten. Die Außenwände waren geschmückt mit den Köpfen von Marx und Engels, Lenin und Stalin. Die übergroßen Köpfe aus Pappe schauten wie beleidigt auf den Marktplatz. Auf weißen Spruchbändern konnten wir Losungen über die siegreiche Sowjetunion lesen. Gegenüber stand eine gigantische Friedenstaube auf einem Sockel.

„Na, wo soll's denn hingehen?“, fragte der im ganzen Ort bekannte Polizeimeister Jup mit vorgestrecktem Kopf. Er sah uns an, als wären wir zwei Kaninchen auf der Flucht. Er stand gelangweilt im Türrahmen des Rathauses.

„Wir wandern aus. Das siehst du doch“, reagierte meine Mutter. „Und geh nicht weg von deiner Tür und pass gut auf die Ente auf“, rief meine Mutter noch und wies mit dem Kopf in Richtung Friedenstaube. Das Tier sah wirklich eher einer Ente ähnlich.

Als Jup sich endlich bewegte und einen blank geputzten Stiefel vor den anderen setzte, er kannte noch den strammen Gang, beschleunigten wir unsere Schritte und verschwanden in einem Gässchen, das zum Ort hinaus führte.

Ich hatte mir mein weiteres Leben nicht so vorgestellt. Mit dem Handwagen ins Torfmoor zu ziehen, das war ja fast noch Mittelalter. Meine Mutter schob den Handwagen zwischen die Reihen und zählte die siebte Reihe rechts, dann vierzehn, fünfzehn, sechzehn und sie zeigte auf die Stelle, wo ein Schildchen mit ihrem Namen und ihrer Nummer stand. Als nach zwei Stunden alle Türmchen umgesetzt und der Handwagen beladen waren, setzten wir uns auf die voll gestopften Säcke und tranken Tee aus der Thermosflasche. Wir rauchten jeder eine Zigarette.

Nun waren wir endlich mal ganz allein und wir redeten von früher, erzählten uns gegenseitig unsere Erlebnisse, und endlich war für mich die Stunde gekommen, meiner Mutter die schwerste Frage zu stellen.

Die Sonne stand hoch am Himmel und zeigte uns die Mittagsstunde an. Weit und breit war niemand zu sehen, nur ein Gimpel schmetterte sein melancholisches „Djü djü“ vom nahen Gehölz herüber. Ich fragte:

„Warum hast du mich damals in ein katholisches Waisenhaus gebracht? Du hattest mir versprochen, mich bald wieder abzuholen, aber du bist nie wieder gekommen. Du hast dich nicht einmal von mir verabschiedet. Du weißt ja nicht, wie ich damals darunter gelitten habe. Kein Mensch hat sich um mich gekümmert. Alle Kinder bekamen Besuch, nur ich nicht. Mütter, Väter, Onkeln und Tanten, nur zu mir kam niemals jemand, absolut niemand. Das war schlimm für mich. Ich hatte dir vertraut, du warst meine Mutter. So ein Kinderherz ist leicht verletzbar. Ich konnte das einfach nicht verstehen. Du hättest mich aufklären müssen. Wenn man als Kind plötzlich allein dasteht, das ist dann schon bitter."

„Glaubst du denn wirklich, du hättest das damals alles verstanden? Du warst gerade erst sieben Jahre alt. Wie hätte ich dir meine Situation erklären sollen?"

„Ich verstehe ja, dass du es bei meinem Vater nicht mehr aushalten konntest. Ich verstehe auch, dass du dir eine neue Zukunft aufbauen musstest und dass es für dich bestimmt nicht leicht gewesen war. Aber dass du mich damals einfach hast fallen lassen, dass du dich von mir abgewendet hast, das verstehe ich heute noch nicht", ich fing tatsächlich noch zu weinen an.

„Ich finde es schlimm und überhaupt nicht gut, dass du mir heute deswegen Vorwürfe machst", sagte meine Mutter und unterdrückte ihre Tränen.

„Ich mache dir keine Vorwürfe. Du hättest mich nur aufklären müssen. Kinder in dem Alter haben schon Verstand. Sie verstehen mehr, als du glaubst. Nur verzogene Kinder verstehen nicht, weil sie nicht verstehen wollen. Ich war nun wirklich nicht verzogen, ganz und gar nicht." Meine Mutter schaute mich traurig an, wischte ihre Tränen aus den Augen und erzählte mir von sich, wie es ihr ergangen war, wie sie wieder geheiratet hatte, zweimal ausgebombt war und nichts mehr als das nackte Leben besaß, inzwischen noch drei Kinder bekommen hatte. Dann die Reise in den kleinen Ort nach Vorpommern, wo man vom Krieg fast nichts zu wissen schien. Nur dass die Männer eingezogen waren.

„Dann kamen die Russen und nahmen alles, was nach Frau aussah. Das war das Allerschrecklichste."

„Was soll das heißen? Sie haben auch dich?"

„Ich will nicht darüber reden", sagte sie, und ich fragte nicht weiter. Wir saßen noch eine Weile, rauchten und hingen unseren Gedanken nach. Beinahe hätte ich meiner Mutter die Schuld für mein Desaster gegeben. Schon der Gedanke bedrückte und betrübte mich. Als wir dann die ersten Ortsbewohner auf dem Torffeld erblickten, rafften wir uns endlich auf, luden noch die beiden Säcke auf, zogen den Handwagen hinter uns her und tippelten nach Hause.

Auf dem Weg durch den kleinen Ort konnten wir zählen, wer an diesem Tag gerade große Wäsche hatte. Die Waschlauge gurgelte unter den Torbögen hervor und lief über den Bürgersteig in die Straßenrinne. Bis zum nächsten Nachbarn war das Wasser schon zwischen dem Kopfsteinpflaster versickert. Das Plumpsklo befand sich auf dem Hof, und das Wort Badezimmer kannten nur die Wenigsten. Das Wasser holten wir von einer Pumpe, die sich zwei Straßen weiter um die Ecke befand.

An manchen Abenden, wenn die Kinder schon schliefen, weinte ich. Was hatte ich nur verbrochen, dass mich das Schicksal so beutelte? Das Glück hatte mich schon gleich vor der Grenze verlassen. Es wollte wohl nicht mit hinter den EISERNEN VORHANG.

Ich meldete mich für den Lehrgang an, um zu sehen, ob ich etwas daraus machen konnte. Abends packte ich meine Habseligkeiten in meine Reisetasche, meine Mutter gab mir das Fahrgeld, ich war vollkommen abgebrannt.

Also erst einmal die Gesinnung umkrempeln. Politik war noch nie meine Sache, und der Lehrgang dauerte nicht vierzehn Tage, sondern drei Wochen. Was ich dort zu lernen hatte, ging mir völlig gegen den Strich. Nun gut, die drei Wochen würden vorübergehen, so dachte ich. Für mich war das eine Ewigkeit. Ich hatte aber jeden Tag ein warmes Essen und ein sauberes Zimmer zusammen mit einer Frau, die sich störrisch an die politischen Gebote hielt, ein wenig Taschengeld, und alles auf Staatskosten.

Auf meine Frage, ob denn die Bauern, denn sie sollten wir ja in Zukunft betreuen, mit dieser Art Politik etwas anfangen könnten, ob denn die Sonne ohne Stalin nicht mehr aufginge, wo sie doch schon seit Jahrmillionen im Osten aufginge und dieser Herr doch noch nicht so alt sein könne, wurde ich mit Schmährufen bedacht. Meine Zimmerkollegin redete von da an kein Wort mehr mit mir. Ab sofort hatte ich zwei junge Männer an meiner Seite, die den ganzen Tag auf mich einredeten. Sie sagten etwas von grauen Haaren, die sie durch mich bekommen würden. Ich aber hatte einen sturen Kopf. Was da nicht hinein wollte, ging auch nicht hinein. Die beiden Jungs aber meinten es nur gut mit mir.

Genauso fiel auch die Prüfung aus. Die Partei war immer vorne, wenn sie einmal hinten sein sollte, dann war eben hinten vorne. Das gefiel mir nicht, und ich wusste einigermaßen Bescheid. Die zwanzig Fragen, die uns auf einem Streifen Papier in die Hand gedrückt wurden, konnte ich nicht mit innerer Überzeugung beantworten. Acht politisch geschulte Damen und Herren saßen mit erwartungsvollen Mienen hinter einem langen, mit Büchern bestückten Tisch. Das sollte doch wohl Eindruck erwecken. Ich stand wie ein unschuldiges Lämmchen, mich unwohl fühlend, vor dem Tisch.

„Na, nun fangen Sie schon an“, sagte einer der Genossen von oben herab. Das größte Parteiabzeichen, das ich je sah, prangte an seinem Revers. Mir zerbröckelte das letzte Hirn im Kopf. Ich ging auf den Herrn zu und legte das Papier auf den Tisch.

„Entschuldigung, tut mir Leid“, stotterte ich, ging einfach wieder hinaus und machte die Tür leise hinter mir zu. Ich zitterte am ganzen Körper. Ich hatte auf der ganzen Linie versagt. Ich hätte ja die Antworten auswendig gelernt, aber die Blamage wäre die Gleiche gewesen. Ausweis ade, dachte ich und ging zur Hintertür hinaus auf den Hof, um eine Zigarette zu rauchen. Was ich auf dem Lehrgang gelernt hatte, glaubte doch sowieso niemand. Schließlich hatte mir meine Mutter ganz andere Dinge erzählt, auch von den Russen und wie sie darunter gelitten hatte. Ich hatte mir schon vorgenommen, dieses Land wieder zu verlassen.

Nach einer Weile, die Prüfung der anderen Teilnehmer war abgeschlossen, wurde ich wieder hereingerufen, und eine der

Damen übergab mir mein Zeugnis. Darauf stand klar und deutlich das Wort „BESTANDEN“ Ich glaubte meinen Augen nicht und schaute ungläubig das Zeugnis an. Mein Unmut wechselte mit Unverständnis. So lief also der Hase. Niemand sollte den Lehrgang verlassen, wenn nicht wenigstens ein „BESTANDEN“ auf dem Zeugnis stand. Es war zwar die schlechteste Note, aber ich hatte bestanden, nur verstanden hatte ich das noch nicht richtig. Das war für mich die größte Lüge überhaupt. Ich hatte mir schon den Brief und das Gesicht meiner Mutter vorgestellt, in dem sie aufgefordert würde, für die Kosten des Lehrgangs aufzukommen. Jetzt wusste ich aber, was ich zu tun hatte.

Mein Bescheid lag nach acht Tagen im Briefkasten meiner Mutter. Ich wurde beim Demokratischen Frauenbund eingesetzt. Jeden Morgen erschien ich um acht Uhr im Büro und abends um null Uhr war ich wieder auf meinem Zimmer, das ich mit einer netten Kollegin teilte.

Jeden Tag, außer Sonntag, war ich irgendwo auf dem Lande, um in den Dörfern Versammlungen abzuhalten. Ich war stets mit dem Fahrrad unterwegs und setzte mich bei gutem Wetter auf eine Wiese oder einfach nur an den Straßenrand, nahm das Referat, das ich zu halten hatte, aus meiner Tasche, las es langsam durch. Mit einem Bleistift rahmte ich die Stellen ein, die ich für blanken Unsinn hielt. Den kläglichen Rest las ich dann den Frauen auf dem Lande vor. Anschließend war eine Diskussion und ich bekam des Öfteren zu hören:

„Nur gut, dass du nicht ein so langes Referat mitgebracht hast. Meistens ist damit schon die Zeit vertan. Wir müssen nämlich morgens schon um vier Uhr aufstehen.“ Ich hörte mir die Sorgen der Frauen an, eigentlich hatte ja niemand Sorgen zu haben, und schrieb am nächsten Morgen meinen Bericht.

Ich hatte keine freie Stunde mehr und sonntags verschlief ich den ganzen Tag. Das war mir zuviel. Warum sollte ich mich für eine Sache einsetzen, die ich mit meiner inneren Einstellung nicht in Einklang bringen konnte, und das zwölf bis vierzehn Stunden am Tag. Ich kündigte. Aus mir konnte niemand einen

Kommunisten machen. Außerdem hatte ich ja jetzt, was ich brauchte. Ich hatte inzwischen einen Personalausweis, einen Versichertenausweis, ein Arbeitsbuch, und was noch wichtig war: Lebensmittelkarten. Das war die Hauptsache, das Allernötigste überhaupt.

Nun konnte ich mich wenigstens ein bisschen revanchieren und schickte meiner Mutter die Hälfte meiner Lebensmittelkarten, meine Kartoffelkarte und meine Kohlenkarte. Es war nicht viel, aber so konnte sie wenigstens ein bisschen preiswerter einkaufen. In der HO (Staatliche Handelsorganisation) musste man etwa das Dreifache bezahlen. Mir machte es nichts aus, mich am Ende des Monats mit Schmalzbrot und Äpfel zu ernähren.

Nun wurde bei mir schon wieder das Geld knapp. Ich verkaufte abermals ein paar Kleidungsstücke. Aus der Pariser Zeit hatte ich leider kein einziges Stück mehr. Alles was ich entbehren konnte, machte ich zu Geld. Ein vorläufiges Unterkommen hatte ich bei einer ehemaligen Kollegin und ihrer lieben Schwester, die mich wiederum wie eine Schwester aufnahmen. Auch meine goldene Uhr, ein Geschenk meines Freundes aus Paris, musste daran glauben. Gerne hätte ich die Zeit zurückgedreht, aber gerade die Zeit ist das Unwiederbringlichste. Vergangen ist endgültig vorbei.

Ich bekam Arbeit bei einem Schneider, das hatte ich ja gelernt. Er stellte mich als Näherin ein. Einen zweiten Gesellen konnte er sich nicht leisten. Darauf wurde mir vom Wohnungsamt ein Zimmer zugewiesen. Es spottete jeder Beschreibung. Die Wände aus rohem Mauerstein, ohne Putz. Ein Kachelofen im Rohbau, ohne Kacheln. Heizen konnte man ihn auch nicht. Die verlängerten Ofenrohre der Nachbarn zogen sich an der Decke entlang, waren mit Draht daran befestigt und reichten bis zum Schornstein auf dem riesigen Flur. Der ganze Bau war ein früherer Getreidespeicher. Der Teer tropfte aus den Anschlussstellen. Ich war eine Abtrünnige. Da war es unter den Brücken noch besser gewesen. Wenn das meine Madame gesehen hätte. Und wenn ich an die Bauernhöfe dachte und an das schöne Zimmer, das ich hinter der Bäckerei bewohnte.

Ich war todunglücklich und richtete mich mit Hilfe einiger freundlicher Leute notdürftig ein. Wasser holte ich bei einem Nachbarn aus der Küche. Bei mir ging alles drunter und drüber, und ich bekam kaum noch einen Fuß auf den Boden. An manchen Tagen saß ich auf dem eisernen Bett, einen Stuhl hatte ich keinen, und weinte, bis mir fast das Herz zersprang. Wo hatte mich das Schicksal nur hingetrieben? Ich verstand die Welt nicht mehr. Zu meiner Mutter wollte ich nicht. Ich war ihr lange genug zur Last gefallen.

In der Schneiderei blieb ich nicht lange. Ich verdiente als Näherin nicht genug. Wenn ich die Miete und die Stromrechnung bezahlt hatte, blieb mir nicht mehr viel. Es reichte einfach nicht zum Leben und für Kleidung und Schuhe schon gar nicht. Nur am Sonntag leistete ich mir ein warmes Essen. Im Frühjahr bewarb ich mich an die Ostsee. Dort wurden viele Leute für die Versorgung der Urlauber gesucht. Ich machte einen Freudensprung, als ich die Zusage in der Hand hielt. Mein Schneidermeister hatte Verständnis, dass ich mehr Geld verdienen wollte.

Ich konnte an der Ostsee als Bedienung arbeiten. Mein Gehalt war als ungelernte Kraft auch nicht sehr hoch, aber ein kleines Sümmchen an Trinkgeld war mir doch jeden Tag sicher. Ich kündigte also meine Stelle.

Die Wende

Für mich sollte sich endlich das Blatt wenden. Ich packte meine Sachen, es war ja eh nicht viel. Ich hatte mir in aller Eile ein schwarzes Kleid genäht und ein paar weiße Servierschürzchen gekauft. Ich durfte die Nähmaschine bei meinem Meister benutzen. In meiner Höhle, wie ich meine Unterkunft nannte, ließ ich alles stehen und liegen und kümmerte mich nicht mehr darum.

Die Arbeit an der See machte mir Freude. Endlich hatte ich wieder täglich eine warme Mahlzeit und ein ordentliches Zimmer. Sogar Gelegenheit zu duschen hatte ich, wo ich doch sonst immer meine Freundin bitten musste. Ich verdiente einigermaßen gutes Geld und konnte so nach und nach meine Schulden bei meiner Freundin abtragen. Am Ende der Saison stand ich wieder vor dem Nichts. Ich dachte immer, dass auch einmal für mich ein Stern vom Himmel fallen würde. Vielleicht aber stand für mich gar kein Stern dort oben. Wenn doch, dann hatte er sich aber gut versteckt.

Während der Saison lernte ich einen netten Mann kennen, der gerade erst aus russischer Gefangenschaft entlassen worden war. Er hatte die entsetzlichen Erlebnisse noch nicht vergessen, geschweige denn verarbeitet. Wir hatten also beide unser Päckchen zu tragen und wir waren beide mit unserer Vergangenheit noch lange nicht fertig. Wir freundeten uns an und wir verstanden uns von Anfang an gut. Als er von mir hörte, dass ich wieder auf der Suche nach Arbeit war, mein Zimmer musste ich auch wieder räumen, schlug er mir vor, mit ihm nach Magdeburg zu gehen. Ich könne bei ihm und seiner Mutter wohnen. Für mich ging ein kleines Lichtlein an, das ich sorgfältig zu hüten wusste.

Mein Freund hieß Erich, hatte mittelbraunes, zurückgekämmtes Haar und hübsche blaue Augen. Er war mittelgroß und ein herzensguter Mensch. Seine Mutter war eine gutmütige Frau, staunte aber doch, als ihr Sohn plötzlich eine Verlobte mit nach Hause brachte. Wir bekamen Arbeit in einem Hotel am Bahnhof. Wir mussten beide ganz von vorne anfangen und wir haben gute und schlechte Zeiten überstanden.

An einem unserer freien Tage erzählte mein lieber Erich von seinen Erlebnissen, dass er mit achtzehn Jahren von der Wehrmacht zum Militär eingezogen worden war, von der fünfjährigen Gefangenschaft in Sibirien, von den Entbehrungen und der schweren Arbeit im Bergbau. Er erzählte von seiner Krankheit, weswegen er im Sommer an der See gearbeitet hatte, und von der Flucht seiner Mutter aus Schlesien. Einen ganzen Tag brauchte der Mann, um alles aus sich herauszureden. Er war ein besonnener und ruhiger Mensch und sechs Jahre älter als ich. All die bösen Erlebnisse hatten uns zusammengeschweißt.

Nach drei Jahren entschieden wir uns, zu heiraten. Nun hatte ich wieder die alten Sorgen. Ich benötigte eine Geburtsurkunde und einen Taufschein. Ich schrieb meiner Mutter, in welcher Not ich mich wieder befände, und sie möge mir doch bitte behilflich sein. Ich war der Hoffnung, dass sie etwas dergleichen noch hätte. Meine Mutter aber schrieb kurzerhand an meinen Vater, er möge sich doch bitte bemühen, weil sie beim Standesamt mit ihrem Ostgeld die Gebühren nicht entrichten könne. Mein Vater bemühte sich und schickte die Papiere zu meiner Mutter im guten Glauben, dass ich dort lebte, und ich bekam die Urkunden noch rechtzeitig. Um keinen Preis der Welt hätte ich an meinen Vater oder May geschrieben.

Zu unserer Hochzeit war von meiner Seite niemand anwesend. May und meinen Vater hatte ich nicht eingeladen, und meine Mutter, obwohl wir ihr das Geld für die Reise, für Mann und Kinder geschickt hatten, kam nicht. Die Gründe konnte ich nie erfahren. Vielleicht dachte sie, dass sie meinem Vater und May begegnen würde. Ich wusste es nicht. Ich habe auch nie danach gefragt, ich war nur traurig. Bald aber machte es mir nichts mehr aus. Ich war ja von Jugend an mit Liebe nicht gerade übersät worden. Erich und ich, wir liebten uns, und nur das zählte.

Eines Tages kam ein Brief von meinem Vater und May. Sie luden mich ein, sie doch einmal zu besuchen. Ich hatte keine

Ahnung, woher sie meine Magdeburger Adresse hatten. Nach etlichen unbegründeten Absagen der Polizeibehörden bekam ich dann doch endlich die Genehmigung, meinen Vater zu besuchen. Vier Tage wurden mir erlaubt, welche Großmut, davon waren schon zwei Tage Reisetage. Das war ein halbes Jahr vor dem Mauerbau.

Zuerst wollte ich nicht hinfahren. Ich hatte kein gutes Gefühl. Trotzdem fuhr ich zwischen Weihnachten und Neujahr.

Gleich nach der Ankunft, niemand holte mich vom Bahnhof ab, musste ich die Erfahrung machen, dass May immer noch die gleiche Abneigung gegen mich hegte, obwohl ihre Worte in dem Brief ganz anders gelautet hatten. Ich fuhr schon am nächsten Tag wieder nach Hause. Danach hatte ich mich nicht mehr bei ihnen gemeldet. Das war mir doch alles viel zu dumm. Ich konnte kein einziges Wort unter vier Augen mit meinem Vater reden. Außerdem ging er mir ständig aus dem Weg. Warum sie mich eingeladen hatten, konnte ich nicht ermitteln. Wäre ich nicht verheiratet gewesen, wäre ich gleich bis Paris durchgefahren.

Nach ein paar Jahren starb meine Schwiegermutter. Sie war die beste Schwiegermutter, die man sich nur vorstellen konnte. Neun Jahre danach hatte auch meine Mutter das Zeitliche gesegnet. Wir schafften es, mit List und Tücke nach Berlin zu ziehen. Inzwischen waren ja auch die Mauer gebaut und die Grenze in Richtung Westen geschlossen worden. Wie hatte Walter Ulbricht noch gesagt?

„Niemand hat die Absicht eine Mauer zu errichten!", und drei Tage später fingen die Soldaten damit an, die Mauer, die sie dann Friedensgrenze nannten, zu bauen.

Schon vor dem Bau der Mauer war es sehr schwierig, in Berlin eine Wohnung zu bekommen. Nur für Auserwählte. Es bedurfte vieler Umwege und vier Umzügen. Es durfte nicht jeder umziehen, wann und wohin er wollte, und schon gar nicht nach Berlin. Dazu waren vielerlei Kniffe notwendig. Selbst wenn man die Kniffe kannte, war es immer noch schwierig.

Die Reue

Wir wohnten nun schon zwei Jahre in Berlin und hatten nach langem Suchen endlich das Glück, ein kleines Häuschen zu finden. Dazu gehörte ein großer Garten, und wir richteten uns gemütlich ein. Von Kind an fühlte ich mich wie ein Vogel ohne Nest, Jetzt hatte ich eines, ein Nest, schön, warm und gemütlich.

Eines Tages kam wiederum ein Brief von meinem Vater. Wo er nun wieder unsere neue Adresse in Berlin her hatte, weiß ich bis heute nicht. Er schrieb, dass seine Frau May ihn auf seine alten Tage verlassen, alle guten Möbel mitgenommen und das gemeinsame Konto geplündert hätte. Ich dachte im ersten Moment, das geschieht dir recht. Als ich aber dann las, dass May das Haus, das mein Vater damals fast allein gebaut hatte, sofort auf ihren Namen hatte eintragen lassen, ihn so schändlich betrogen und hintergangen hatte, ihn nun zwang, auszuziehen, weil sie das Haus hinter seinem Rücken verkauft hatte, tat er mir Leid.

Ich hätte ja nun schreiben können, ach, pack deine Sachen und komm zu mir, aber das wollte ich auf keinen Fall. Ich kannte meinen Vater. Es hätte nicht lange gedauert, und er hätte bei uns die Oberhand gewonnen. Das konnte ich meinem Mann nicht antun. Außerdem hätten wir anbauen müssen, was in dieser Zeit in Ostberlin fast unmöglich gewesen war. Gleiches mit Gleichem vergelten, das wollte ich nun wirklich nicht, aber ein Zusammenleben mit meinem Vater, der doch immer behauptet hatte, nicht mein Vater zu sein, nur um meine Mutter und später auch mich zu kränken, das war mir unmöglich.

Dann, eines Tages, es war gegen Weihnachten, rief mich mein Vater an und sagte, dass seine Frau May gestorben sei. Sie hatte sich in einem modernen Seniorenheim an der Lahn eingekauft. Ich konnte beim besten Willen kein Mitgefühl aufbringen. Ich lud meinen Vater ein, mich zu besuchen, damit er mit eigenen Augen sehen konnte, dass wir mit zwei Zimmern, Küche und Bad nur wenig Platz zur Verfügung hatten, wo doch ein älterer Mensch seinen Freiraum haben muss. Außerdem hatte er ja ein altersgerechtes Einzimmer-Appartement mit allem Komfort.

Mein Vater, er war inzwischen auch alt geworden, fuhr mit einer Reisegruppe nach Westberlin und nutzte einen Kurzbesuch nach Ostberlin, um mich zu besuchen. Wir hatten schon lange unsere Silberhochzeit gefeiert, als mein Mann endlich meinen Vater kennen lernte. Normalerweise kann sich das niemand vorstellen, aber bei mir war eben alles anders. Mein Vater sah sich unser Haus im Bungalowstil und den Garten an und meinte:

„Hier würde ich noch dies und dort noch jenes und noch mehr Obstbäume pflanzen." Er merkte aber bald, dass er bei uns niemals etwas pflanzen würde. Wir hielten uns zurück.

Schon an der Grenze hatte man meinen Vater nicht gerade willkommen geheißen. Als wir ihn fragten, ob er vielleicht die Absicht hätte in Zukunft bei uns zu wohnen, sagte er nur:

„Nein, in eurem Land würde ich niemals wohnen wollen. Weißt du, es tut mir alles so Leid, und ich bereue vieles. Ich hätte besser zuhören müssen, wenn du mit mir reden wolltest. Ich habe eben nichts verstanden und meistens wollte ich nur meine Ruhe haben. Ich dachte halt, dass du und May, dass ihr euch eines Tages arrangieren würdet. Heute verstehe ich das alles und sehe manches mit anderen Augen." Ja, jetzt, wo es ihn selbst betraf, aber heute war es zu spät. Ich hatte großes Mitleid mit dem alten Mann.

Als er am späten Nachmittag wieder abreiste, wir im Tränenpalast auf die Besuchergruppe warteten, mit der er gekommen war, dachte ich, dass ich meinen Vater nie mehr sehen würde. Als er mit den anderen durch die Sperre ging, ich durfte ja nicht mit auf den Bahnsteig gehen, es war ein Extraeinlass nur für Westreisende, übermannten mich erneut Mitleid und Bitterkeit zugleich. Ich weinte. Von da an telefonierten wir jeden Sonntag miteinander, und meine Telefonrechnung stieg und stieg, obwohl wir uns nicht viel zu sagen hatten, wir kannten uns ja kaum noch.

Von dieser Zeit an schickte mein Vater jeden Monat ein Paket, um wenigstens etwas wieder gutzumachen, so sagte er. Aber was nutzte das noch? Er hätte jetzt sicher gerne mehr getan, er wusste nur nicht wie. Ich stellte keine Ansprüche.

Immer wieder lud mein Vater mich ein, und ich musste ebenso oft absagen, weil meine Reiseanträge ohne Begründung einfach abgelehnt wurden.

Demütigende Bittstellerei

Es war ein sonniger Oktobertag. In den Medien wurden in den Mittagsstunden bekannt gegeben, dass die Reisebeschränkungen in die Bundesrepublik Deutschland gelockert worden waren. Nachdem ich schon in den letzten Jahren immer wieder einen abschlägigen Bescheid bekommen hatte, hegte ich jetzt doch ein bisschen Hoffnung. Mein Vater konnte oder wollte nicht verstehen, dass ich nicht zu ihm reisen durfte und ich die Gründe der Ablehnungen nicht wusste. Ich konnte ihm auch nicht erklären, wieso andere, weit jüngere Menschen reisen durften. Ich hatte einfach keine Erklärung.

Ich hatte meinen Vater etliche Jahre nicht mehr gesehen, und sein achtzigster Geburtstag stand im Dezember bevor. So fuhr ich mit meinem Mann, ich brauchte seine moralische Unterstützung, zum Polizeipräsidium Berlin-Alexanderplatz.

Schon am Eingang wurden uns die Ausweise abgenommen, und wir bekamen eine Nummer von einem Polizeibeamten, der hinter einer Glasscheibe seinen Kopf hob, um unser Anliegen zu erfahren. Er schickte uns in den dritten Stock, Fahrstuhl nur für Bedienstete. Wir fanden uns dort in einem größeren Raum wieder, von dem mehrere Türen abgingen. Links in der Ecke befand sich ein abgeschlossenes Kabäuschen, vor dem eine lange Schlange Menschen wartend stand. Mein Mann nahm an einem der Tische Platz, und ich stellte mich an der Schlange an. Das waren wir ja schon gewöhnt. Bei uns ging nie etwas ohne anstehen. Nur Geduld musste man haben.

Es waren etwa fünfundzwanzig Leute, die dort warteten. Manche unterhielten sich oder traten wie ich von einem Bein auf das andere. Bald reichte die Reihe hinter mir bis zum Treppenaufgang. Die Polizisten in dem Kabäuschen hatten keine Eile.

Dann kam ich endlich an die Reihe. Ich schob am Schalter, wo Polizisten fleißig arbeiteten, alle gefragten Unterlagen durch einen Schlitz in der Glasscheibe und schaute den jungen Polizisten erwartungsvoll an. Eine Geburtsurkunde meines Vaters und noch eine Wohn- und Meldebescheinigung. Ich wurde nach meinem Anliegen gefragt. Nachdem mich der Polizist eindringlich gemustert hatte sagte er:

„Ich brauche noch die Lebensbescheinigung“, schob mir die Papiere, die er nur flüchtig überschaut hatte, wieder zu.

„Dass mein Vater noch lebt, wird doch hier mit Unterschrift und Stempel von der Polizei bestätigt“, antwortete ich und zeigte mit dem Finger auf den Stempel.

„Setzen Sie sich halt, Sie werden dann aufgerufen.“ Bitte hätte viel freundlicher geklungen, aber da hätte er sich wohl die Zunge abgebrochen. Er nahm die Papiere wieder an sich. Na, das kann ja heiter werden, dachte ich. Reine Schikane, aber auch das waren wir gewöhnt. Ich suchte meinen Mann, der für mich einen Stuhl frei gehalten hatte.

Nach dreißig Minuten etwa wurde ich in ein Zimmer gerufen. Ein älterer Polizeibeamter in Uniform, er war vielleicht fünfzig Jahre alt und hatte stark ergrautes Haar und warme braune Augen, meinte, ich solle mich setzen. Dieser kleine Herr saß hinter einem viel zu großen Schreibtisch, aber seine väterliche Art nahm mir ein bisschen von meiner Aufregung.

„Sie wollen also in die BRD reisen?“

„Ja, ich möchte meinen Vater besuchen.“

„So so. Ihren Vater wollen Sie besuchen? Wie lange hat denn ihr Vater in unserer DDR gelebt? Warum kommt er nicht Sie besuchen?“

„Mein Vater kann nicht mehr reisen. Er ist fast blind und er hat noch nie hier gelebt. Er ist aus seiner Heimatstadt noch nie herausgekommen“, lächelte ich ein bisschen verlegen.

„Aha“, meinte er nur und gab mir zwei weiße und zwei gelbe Karten, die ich draußen in dem großen Raum ausfüllen musste.

„Sie werden dann aufgerufen. Nehmen Sie draußen Platz“, sagte er mit seiner tiefen Bassstimme.

Mein Hoffnungsbarometer stieg merklich, denn wozu hätte ich sonst die vier Karten ausfüllen müssen. Ich verließ das Büro und setzte mich wieder zu meinem Mann an den Tisch. Ich fing an zu schreiben. Meine Hände zitterten vor Aufregung, und ich musste mich sehr anstrengen, ruhig zu schreiben.

Es saßen viele Leute, jüngere, aber vor allem ältere Menschen an viel zu kleinen Tischen und füllten fleißig ihre Karten aus. Als ich meine Karten in den Türschlitz einer anderen Tür gesteckt hatte, hieß es warten. Ich betrachtete die Menschen, die hoffnungsvoll vor sich hinsahen, und die Bilder an den Wänden, die wohlgenährten und selbstzufriedenen Gesichter unserer Oberhäupter. Mein Mann beobachtete mich und drückte meine Hand. Zu sagen brauchte er nichts, wir verstanden uns auch so. Er sah mir meine Aufregung an. Wie war ich doch froh, dass er neben mir saß.

Nach einer guten Stunde schnarrte mein Name aus dem Lautsprecher. Klopfenden Herzens ging ich zu dem Raum, der mit Nummer ausgerufen worden war. Eine Polizistin, auch in Uniform, empfing mich in einem kahlen Raum, der mit einem halbrunden Schreibtisch mit Aufsatz ausgestattet war. Auf mein „Guten Tag" bekam ich keine Antwort. Wahrscheinlich war noch nicht zu übersehen, ob ihr Tag gut werden würde. Ich durfte mich setzen.

Die Polizistin war eine brünette, schlanke Frau, etwas herablassend in ihrer Manier, und die Uniform zugeknöpft, wie sich das gehörte. Etwas Make-up oder ein Nagellack hätte auch gar nicht zu ihr gepasst. Kalte blaue Augen schauten mich an, und ich dachte, will sie denn nicht bald anfangen? Mich fröstelte in dem überheizten Raum.

„Warum wollen Sie in die BRD reisen?"

„Ich möchte meinen Vater zu seinem achtzigsten Geburtstag besuchen. Ich habe ihn seit dem Bau der Friedengrenze nicht mehr gesehen."

„Wenn Sie ihn schon so lange nicht mehr gesehen haben, dann haben Sie doch gar keinen Kontakt mehr mit ihm." Ich dachte mir im Stillen, das könnte dir so passen.

„Hat Ihr Vater eine Eigentumswohnung, oder hat er vielleicht eine Sozialwohnung?"

„Weder noch", sagte ich. „Er hat eine ganz normale Wohnung."

„Wie viel Rente bekommt denn Ihr Vater, und wer sorgt denn für ihn?"

„Ich weiß nicht, wie viel Rente mein Vater im Monat bekommt. Jedenfalls reicht es, mir jeden Monat ein schönes dikkes Paket zu schicken."

„Haben Sie etwa eine Erbschaft zu erwarten?"

„Mein Vater war bis zu seiner Rente Hüttenarbeiter. Von Erbschaft kann da keine Rede sein", sagte ich und dachte bei mir, und wenn, dann ginge dich das auch nichts an. Sie hielt mich wohl für einfältig, aber das war ich ganz und gar nicht mehr. Ich hätte ihr ja mit der Rente und der Erbschaft die Wahrheit sagen können, aber das hätte mir sicher geschadet. Von dem Sparbuch, das mein Vater für mich angelegt hatte, durfte sie auf keinen Fall etwas wissen.

„Wo arbeitet Ihr Mann, und welchen Beruf hat er denn?"

Darüber gab ich bereitwillig Antwort.

„Verstehen Sie sich gut? Haben Sie Kinder?"

„Ja, wir verstehen uns sehr gut, aber leider haben wir keine Kinder."

„Das Haus und das Grundstück, ist das Ihr Eigentum?"

Ich bejahte und wunderte mich über all diese Fragen, wo sie doch sowieso schon alles wusste. Außerdem wunderte ich mich, dass sie nicht noch wissen wollte, wie oft ich mit meinem Mann in der Woche und so, na, Sie wissen schon, oder überhaupt. Sie stellt noch eine Anzahl solcher Fragen. Die letzte Frage war dann endlich:

„Hat Ihr Mann denn nichts dagegen, wenn Sie in die BRD reisen?" Ich erwiderte:

„Sie können ihn gerne fragen, er sitzt draußen", und die Polizistin rang sich tatsächlich ein verunglücktes Lächeln ab. Zum Glück hatte ich vorsorglich neue Passbilder machen lassen und auch dabei."

Die Befragung hatte eine gute halbe Stunde gedauert, und die Polizistin notierte fleißig. Ich bekam ein Zettelchen mit einem Datum. An diesem Tag sollte ich mir Bescheid holen, ob ich reisen durfte oder nicht. Gewiss war das noch lange nicht. Nun hieß es für mich, vier Wochen warten.

Inzwischen waren Polizeihelfer, wir nannten sie Schnüffler, unterwegs in unserer Straße um die Nachbarn nach uns auszufragen. Nun hatten wir Gott sei Dank nette Nachbarn, die uns das dann wieder erzählten und sich lustig darüber machten.

Nach vier Wochen machten wir uns wieder auf den Weg zum Polizeipräsidium. Meine Reisetasche war schon gepackt. Bei einer Absage hätte ich einfach wieder ausgepackt. Ich wusste aber, dass bei einer Zusage die Zeit sehr knapp sein würde, und das war auch noch Schikane. Dieses Mal musste nur mein Mann seinen Personalausweis abgeben. Ohne Personalausweis durften wir sowieso nicht unterwegs sein. Wir stiegen wieder in den dritten Stock. Ich steckte meinen Ausweis in einen der angegebenen Türschlitze und wir hatten Glück, noch einen freien Stuhl zu finden. Mir zitterten die Knie, und ich setzte mich. Für meinen Mann hatten wir keinen Antrag gestellt, denn Ehepaare, wenn sie noch nicht Rentner waren, durften sowieso nicht zusammen gen Westen reisen.

Nach einer dreiviertel Stunde wurde mein Name aufgerufen. Ich ging in das vorgegebene Zimmer und wurde höflich gebeten, mich zu setzen, um mir die letzte Moralpredigt anzuhören. Jetzt musste ich meinen Personalausweis abgeben und ich sah einen aufgeschlagenen Reisepass mit meinem Passbild auf dem Schreibtisch liegen. Mein Herz klopfte mir bis zum Halse. Mein Reisetermin war für den nächsten Morgen in aller Frühe angesetzt.

„Sie müssen jetzt gleich Ihre Fahrkarte besorgen und bei der Staatsbank Geld umtauschen."

Ich nickte mit dem Kopf. Wahrscheinlich sah mir die Polizistin meine freudige Erregung an und lächelte vor sich hin. Ich musste noch eine Unterschrift leisten, und dann reichte sie mir meinen Reisepass.

„Ich wünsche Ihnen eine gute Fahrt, und in sechs Tagen sehen wir uns wieder. Dann holen Sie Ihren Personalausweis wieder ab."

So viel Höflichkeit hatte ich nicht erwartet. Ich bedankte mich und sagte: „Auf Wiedersehen."

Die Zeit wurde knapp, und wir mussten uns beeilen, denn für mich würde die Staatsbank keine Ausnahme machen. Zuerst also Geld umtauschen, Ostmark gegen Westmark. Wir hatten es gerade noch geschafft und fuhren zum Bahnhof Friedrichstraße. Ich zog meinen Schal enger um den Hals, und mein Mann spannte den Regenschirm auf.

Am Fahrkartenschalter erfuhr ich, dass ich zwölf Stunden unterwegs sein würde und dreimal umsteigen müsse. Das war auch eine Schikane, denn der Nachtzug fuhr über Saarbrücken bis Paris, und ich musste da nur in Saarbrücken umsteigen. Ich nahm einfach den Nachtzug. Ich wusste, bis ich die DDR verlassen würde, wäre sowieso Mitternacht vorbei und der neue Tag angebrochen.

Es ging alles gut. In der Nacht brachte mein Mann mich zum Bahnhof. Dort gab es einen Extraeingang für DDR-Bürger, die in den Westen reisten. In langen Schlangen standen Reisende vor den engen, mit Spiegeln bestückten Durchlässen. Der Polizist hinter der Glasscheibe kontrollierte die Pässe, wie viel Gepäck ein jeder bei sich hatte und die Karten. Er stempelte und stempelte und tat sehr wichtig. Ich dachte, wenn ihm jetzt die Stempelfarbe ausgeht, dann verpasse ich meinen Zug. Es war sehr wichtig, wenigstens eine Stunde vor Abfahrt des Zuges am Bahnhof zu sein. Die Kontrollen nahmen sehr viel Zeit in Anspruch.

Ich ging nachdenklich, aber eilig die Stufen zum Bahnsteig hinauf und dachte an meinen Mann, der nicht einmal mit auf den Bahnsteig gehen durfte. Ob er wohl eine Woche ohne mich auskäme? Ich hatte aber vorsorglich alles für ihn vorbereitet.

Auf der Bahnsteigkante war ein weißer langer Strich gezogen, den die Reisenden nicht überschreiten durften. An den Ein- und Ausfahrten standen Gerüste, auf denen Polizisten oder Grenzsoldaten mit Maschinengewehren ihren Dienst am Vaterland taten, indem sie gut auf alle Reisenden aufpassten. Es könnte ja noch jemand einen Reisenden im Ärmel haben.

Endlich wurde der Zug eingesetzt. Es war der sechste Dezember und Nikolaustag. Ich fror auf dem zugigen Bahnsteig. Zuerst wurden die Reisenden, die schon einsteigen wollten, zur Seite gejagt. Dann gingen Grenzpolizisten durch den ganzen Zug und ihnen folgte der Zoll mit kleinen Aluminiumleitern. Sie ließen weder die verschiebbaren Sitze noch die Deckenleuchten aus, um sie zu kontrollieren. Inzwischen mussten Schäferhunde den ganzen Zug von unten her beschnüffeln. Von alledem, was ich sah, war ich so betroffen, dass ich fast geweint hätte. Waren wir denn Verbrecher, nur weil wir in den Westen reisen wollten? Dann endlich durften wir einsteigen.

Die Tage vergingen so schnell, es blieben ja nur vier Tage für meinen Vater. Ich hätte so gerne noch Oma Cäcilie besucht, aber von meiner Mutter wusste ich, dass sie schon lange verstorben war.

Mein Vater hatte sich wirklich gefreut, und wir haben auch noch seinen jüngsten Bruder und seine Frau besucht. Die beiden hatte ich schon seit meiner Kindheit nicht mehr gesehen. Deren Enkeltöchterchen fragte, was ich denn für eine Sprache sprechen würde. Sie war im Glauben, ich spräche DDRisch. Wir haben viel darüber gelacht.

Dann war ich auch schon wieder auf der Rückreise. Bei der Ankunft in Berlin zog der Zoll natürlich mich aus der Menge. Wie konnte es auch anders sein? Ich wurde von zwei Frauen in Uniform erbarmungslos gefilzt. Der Angstschweiß stand mir auf der Stirn, denn ich hatte vierhundert Westmark, die mir mein Vater geschenkt hatte, versteckt. Die Damen fanden aber nur zweihundert und beschlagnahmten das Geld und die Handarbeitshefte, die ich in der Tasche hatte.

Mantel und Stiefel musste ich ausziehen, und die Sachen wurden gründlich untersucht. Der Hosenbund und der Mantelsaum wurden gründlich abgetastet. Nach etwa fünfzehn Minuten, ich stand so lange in Strümpfen auf dem kalten Betonboden, bekam ich alles wieder zurück.

„Wir wollen mal nicht so sein, weil Weihnachten vor der Tür steht“, sagte eine der Polizistinnen und lächelte mich an. Ich bekam die Hefte und das Geld wieder zurück. Ich fror ganz erbärmlich und durfte mich wieder anziehen. Mein Beutel mit der schmutzigen Wäsche wurde noch geröntgt, und ich durfte wieder einpacken. Sie ließen sich sehr viel Zeit. Die ganze Prozedur dauerte eine gute Stunde, und das nach zwölf Stunden Bahnfahrt. Die anderen zweihundert Mark hatte ich in meinem Necessaire versteckt. Mir war ziemlich mulmig im Magen, als die eine Polizistin mein Necessaire ständig in der Hand drehte. Dann wurde ich gefragt, ob ich aus Westberlin käme, was ich verneinte. Ich sagte, ich käme aus Saarbrücken und wäre schon seit zwölf Stunden unterwegs. Wahrscheinlich hatten sie die falsche Frau herausgefischt und die richtige ist ihnen durch die Lappen gegangen. Mein Mann stand schon über eine Stunde vor dem Bahnhof im Schneeregen am Taxistand und wartete auf mich.

Eigentlich wollte ich nie wieder in dieses Land zurückkehren, aber ich wollte meinen Mann nicht den unweigerlich folgenden Repressalien aussetzen und fand mich nach der Frist, die mir genehmigt worden war, nieder ein. Von diesem Tag an durfte ich jedes Jahr im Dezember zu meines Vaters Geburtstag in die Bundesrepublik reisen.

Sieben Jahre später fiel die Mauer und die Grenzen wurden ein für allemal geöffnet. Wir waren endlich frei, und der ganze Spuk hatte ein Ende.

Der Hilfeschrei

Nach dem Fall der Grenze fuhren mein Mann und ich im Sommer zu meinem Vater. Er hatte uns eingeladen. Ich zeigte meinem Mann unsere kleine Stadt, und wir wurden von meinem Vater aufs Beste bewirtet. Auch zu den kommenden Geburtstagen in den Dezembermonaten fuhren wir zu ihm. Er freute sich immer und er war so zugänglich wie noch nie zuvor in seinem Leben.

Als mein Vater neunzig Jahre alt wurde, feierte er ganz groß mit Freunden, Bruder und Familie, und auch wir besuchten ihn.

Nach einem halben Jahr erkrankte mein Vater schwer. Er rief mich an. Er musste sofort ins Krankenhaus und wurde noch am selben Tag operiert. Ich packte meine große Reisetasche und fuhr sofort zu ihm. Gleich nach der Ankunft führte mich mein Weg ins Krankenhaus.

Da lag er nun hilflos und blass in seinem Bett. Ich ließ mir von ihm seine Schlüssel geben, damit ich in seiner Wohnung übernachten konnte. Jeden Tag besuchte ich meinen Vater und saß bis zum Abendbrot an seinem Bett. Auf dem Heimweg kaufte ich mir etwas zu essen und frisches Obst für ihn und mich und ging dann in seine Wohnung. Ich räumte auf, reinigte seine Wohnung gründlich und wusch seine Wäsche.

Jeden Tag wusch ich dann noch zwei Schlafanzüge, dreimal Unterwäsche, bis man sich im Krankenhaus bereit erklärte, meinem Vater endlich einen Katheter zu setzen. Das war für ihn nicht gerade angenehm, aber er lag wenigstens trocken.

Mein Vater hatte die Operation gut überstanden, und ich blieb fünf Wochen bei ihm. Dann war er wieder auf den Beinen und konnte sich selbst versorgen. Ich saß oft bis spät in die Nacht an seinem Bett, und wir redeten endlich miteinander, auch über meine Mutter, an der er immer noch kein gutes Haar ließ.

Er ließ sich von mir verwöhnen, doch eines Tages fing er an zu stänkern. Da wusste ich, dass es ihm wieder gut geht und ich beruhigt nach Hause fahren konnte.

Nach sechs Wochen bekam ich erneut einen Anruf. Dieses Mal von einer guten Bekannten.

„Kommen Sie schnell. Ihrem Vater geht es gar nicht gut", sagte sie, und ich packte wieder meine Reisetasche. Ich fuhr mit dem nächsten Zug. Da die Kontrollen an den Grenzen wegfielen, dauerte die Reise nur noch zehn Stunden. Er wusste nicht, dass ich komme, war aber froh, mich zu sehen.

Es war September und noch ungewöhnlich warm. Als ich die Wohnung betrat, überfiel mich Übelkeit. Die Fenster waren geschlossen, die Übergardinen zugezogen, und die Heizung war auf höchste Stufe eingestellt. In der Wohnung hatte es siebenundzwanzig Grad, aber mein Vater fror am ganzen Körper.

Zuerst lüftete ich die Wohnung, dann brachte ich die Essenreste von fünf Tagen einschließlich der Töpfe in den Müll. Mein Vater sagte:

„Ich habe mir jeden Tag etwas gekocht, konnte aber nichts essen." Das glaubte ich ihm.

Der üble Geruch verschwand langsam aus der Wohnung. Ich riet meinem Vater, sich auf die Couch zu legen, und bezog sein Bett mit frischer Wäsche. Dann wusch ich ihn und zog ihm einen frischen Schlafanzug an und legte ihn wieder ins Bett. Er fühle sich schon viel besser, sagte er. Der Hausarzt war verständigt, kam aber nicht. Wie ich später erfuhr, hatte er seinen Clubabend. Nach dem, was mein Vater mir geschildert hatte, musste er einen leichten Herzinfarkt gehabt haben. Der Hausarzt sagte ihm am Telefon, dass die Schmerzen in der Brust und im Arm sowie das Schwitzen das Resultat der Grippeimpfung wäre. Ich dachte aber, dass dies ein leichter Herzinfarkt gewesen sein muss.

Mein Vater lag ruhig in seinem Bett und er war froh, nicht allein zu sein. Er redete mit mir, als ich mich auf die Bettkante gesetzt hatte, wie man redet, wenn man weiß, dass der große Abschied gekommen war. Endlich gab er zu, mein leiblicher

Vater zu sein, und bat mich um Vergebung. Dann meinte er, meine Mutter wäre ja so schlecht nicht gewesen, sie hätten sich halt nur nicht so gut verstanden, und dazu noch seine schreckliche Eifersucht. Damit hätte er doch sehr viel kaputt gemacht. Es fiel ihm sichtlich schwer, so mit mir zu sprechen. Ich spürte es deutlich, sagte aber nichts und ließ ihn reden. Ich war in demselben Jahr vierundsechzig Jahre alt geworden. So lange hatte er mich im Unklaren gelassen. Von meiner Odyssee nach Paris erzählte ich ihm nichts. Eigentlich wollte ich ihm gründlich die Meinung sagen, aber wie er so dalag, abgemagert, blass und dem Weinen nahe, hielt ich lieber den Mund und hörte zu.

Ich konnte noch drei Stunden schlafen, stand dann auf, ging unter die Dusche und zog mich an. Dann richtete ich das Frühstück für uns beide. Weißbrot mit guter Butter, Honig und Milchkaffee. Das aß mein Vater schon immer gerne, und er hatte es sich gewünscht. Als ich den Kaffee aufbrühte, bekam mein Vater einen erneuten Anfall. Ich rief nicht mehr nach dem Hausarzt, sondern die Feuerwehr. Der Notarzt war innerhalb fünf Minuten in der Wohnung und sagte:

„Ihr Mann hat einen Herzinfarkt."

„Das ist nicht mein Mann, das ist mein Vater", erklärte ich. „Eine Bekannte hat mich gestern angerufen. Ich wohne nicht hier, sondern in Berlin."

Der Arzt verabreichte meinem Vater eine Spritze gegen die heftigen Schmerzen, und dann brachten sie ihn ins Krankenhaus, wo auch sein jüngster Bruder mit einem leichten Schlaganfall lag.

Ich bestellte mir ein Taxi und fuhr hinter dem Krankenwagen her. Ich bekam nach einer Weile einen grünen Kittel, musste noch zwanzig Minuten warten und wurde dann auf die Intensivstation gebeten. Ich saß noch eine gute Weile neben meinem Vater und hielt seine Hand. Er sollte spüren, dass ich da war und dass er nicht allein hinübergehen musste. Der Tod war die Erlösung. Er hatte einmal gesagt:

„Je älter man wird, umso eher findet man sich damit ab, dass das Leben nicht ewig dauert. Wenn aber schon, dann will ich bei guter Gesundheit sterben", und dann hatte er gelacht und er hätte es beinahe geschafft. Er hatte immer Angst, dass er vielleicht wochenlang im Krankenhaus oder Monate in einem Pflegeheim leben müsste. Das war ihm ein Graus.

Er war fast einundneunzig Jahre alt geworden. Es fehlten nur noch drei Monate. Am Abend vor seinem Tode sagte er noch:

„Hilla, meine Uhr ist abgelaufen. Ich bin am Ende meiner Tage und ich habe mein Leben recht und schlecht gemeistert. Vergib mir, wenn du kannst, dann kann ich in Ruhe gehen." Ich drückte seine Hand und küsste ihn auf die Stirn. Er gab mir dann noch Anweisungen, wo ich was finden würde, was ich alles tun müsse, und dann schimpfte er noch auf seinen noch lebenden Bruder, aber am meisten auf dessen Frau.

„Sie hat meinen Bruder und mich auseinander gebracht, das werde ich ihr nie vergessen." Ich wunderte mich über diesen Wandel und dann glaubte ich wieder, dass es so schlimm um ihn nicht stehen könne. Ich hatte mich geirrt.

Im Krankenhaus hielt ich die Hand meines Vaters und sah, wie er in eine andere Welt hinüberschlummerte. Hoffentlich war es ein Schritt ins Licht. Der Arzt zog meinem Vater nun endlich den Schlauch aus der Nase, den man in der Eile noch angebracht hatte, sicher um zu zeigen, dass man sich noch um ihn bemüht hatte.

Ich ließ den Leichnam meines Vaters einäschern, wie es sein Wunsch gewesen war und die Urne nach Berlin überführen, wo wir schon ein Urnengrab für ihn gekauft hatten.

So wurde auch die letzte Wunde in mir endlich geschlossen. Ich will nie wieder eine aufreißen. Verziehen habe ich allen, nur vergessen kann ich nicht.

Das Gute an der Vergangenheit ist, sie ist vorbei.

Inhalt

www.ingramcontent.com/pod-product-compliance
Ingram Content Group UK Ltd.
Pitfield, Milton Keynes, MK11 3LW, UK
UKHW041944190726
13854UKWH00004B/1776